collection

cascade

Du même auteur, dans la collection Heure noire :

L'inconnue de la chambre 313
Meurtre au lycée

GENEVIÈVE SENGER

VIVE LA MODE !

ILLUSTRATIONS DE YANN HAMONIC

RAGEOT • ÉDITEUR

Pour Anne-Marie Desplat-Duc,
qui m'a si généreusement donné
l'idée de cette histoire
et a voulu que je l'écrive...

Collection dirigée par Caroline Westberg

ISBN 10 : 2-7002-3188-0
ISBN 13 : 978-2-7002-3188-5
ISSN 1142-8252

Une soirée où je rêve d'aller

Étrange que, chaque fois que je me glisse dans l'eau chaude, le téléphone se mette à sonner ! Mais le temps que je sorte de la baignoire, que j'enfile un peignoir et que je me précipite au salon on aura raccroché, alors autant rester où je suis.

Je m'étire dans la mousse onctueuse en me demandant qui peut appeler à neuf heures un mercredi matin. Certainement pas un ami de mes parents. Ils savent qu'ils sont assis derrière leurs bureaux respectifs, ma mère au guichet de la poste et mon père dans son agence bancaire.

Donc, la déduction est simple : le coup de fil m'est destiné, à moi Ophélie.

Et comme on réfléchit bien quand on est allongé dans l'eau tiède qui fleure le pamplemousse, je me dis qu'il ne peut s'agir que de Luciane, ma meilleure amie. C'est une mordue du téléphone et elle passe ses journées suspendue à son portable. Car elle a un portable, elle…

Elle a sûrement quelque chose d'important à me dire sinon elle ne prendrait pas la peine de se lever de si bonne heure – le mercredi, elle adore faire la grasse matinée. Quelque chose qu'elle n'a pas pu me confier hier soir, à son dernier appel, vers neuf heures, juste après le dîner. Donc entre le moment où elle a raccroché et ce matin il s'est passé quelque chose que j'ignore.

Cette idée m'agite et m'empêche de profiter pleinement de mon bain. D'ailleurs l'eau est en train de refroidir, il est temps que je sorte.

Après avoir enfilé le hideux peignoir bleu ciel que ma mère a acheté dans un catalogue par correspondance – quand elle passe une commande elle n'oublie jamais de penser à moi –, je marche vers le combiné qui sonne au moment même où je tends la main pour m'en emparer.

Bingo, c'est Luciane !

– Tu ne sais pas la dernière ? me demande-t-elle après le traditionnel hello.

J'avais raison, il y a du neuf !

– Non, tu ne peux pas savoir... Comme tu n'as pas de portable je n'ai pas pu t'appeler après le coup de fil de Justine, et sur le fixe tes parents n'auraient pas apprécié alors j'ai attendu ce matin et...

– Abrège !

Elle rit. Je l'adore.

Luciane, c'est ma meilleure amie, on est comme deux doigts de la main depuis la première année de maternelle où on s'est rencontrées. Pendant toutes ces années jamais la moindre dispute, « mieux que des sœurs » comme dit ma mère sans doute pour se disculper de ne m'en avoir donné aucune – ni frère d'ailleurs !

– Voilà, en deux mots : Justine prépare une fête d'enfer. Une soirée tendance, stylée m'a-t-elle dit, c'est pour dans quinze jours, mais on en saura davantage quand elle aura tout mis au point.

– Une soirée tendance, ça signifie quoi exactement ?

– Justement c'est une surprise ! Mais je peux t'assurer qu'elle était très excitée, sûr qu'elle nous concocte un truc extra, on peut lui faire confiance. J'ai cru deviner que le thème tournerait autour de la mode... tu sais comme elle est passionnée par les vêtements !

– Je suis invitée, moi ?

J'entends son rire qui me fait du bien.

– Bien sûr ! D'ailleurs demain au collège elle t'en parlera... mais je n'ai pas voulu que tu attendes si longtemps... surtout que le temps presse, car la question s'impose : qu'est-ce qu'on va porter à cette soirée ?

Moi j'en ai déjà glissé un mot à mon père ce matin à la table du petit-déj, il est d'accord pour me filer un extra…

– Ça veut dire que tu iras à Lolablue cet après-midi ?

Ce n'est pas difficile à deviner : dès que Luciane dispose de quelques dizaines d'euros, elle se précipite dans sa boutique préférée.

– Évidemment ! Tu m'accompagnes ? demande-t-elle d'une voix moins assurée.

Elle sait très bien que je vais lui répondre que je ne peux pas, et comme elle est sympa et qu'elle m'aime elle ne me demandera pas pourquoi. La raison est simple, tellement simple que j'ai du mal à l'exprimer : je n'ai pas d'argent.

C'est horrible.

C'est surtout horrible de ne pas pouvoir s'acheter les vêtements de ses rêves.

Elle conclut :

– Je passerai chez toi après Lolablue…

Elle me montrera ses achats que j'admirerai en serrant les dents.

Je raccroche en me disant que cette soirée s'annonce mal. D'abord j'ai été invitée par personne interposée – même s'il s'agit de Luciane le procédé me blesse, j'aurais préféré que ce soit Justine qui m'annonce la bonne nouvelle – ensuite, je connais Justine et sa bande puisqu'on fréquente le même collège et la même classe : ils achètent les marques à la mode. Celles que mes parents me refusent, sous des prétextes tellement ringards que ce n'est pas la peine de discuter avec eux.

Quand tu seras adulte et que tu gagneras ta vie, ont-ils conclu la dernière fois que j'ai évoqué la petite jupe à volants mauve et noire, repérée dans la vitrine de Lolablue, tu t'offriras ce que tu voudras et selon les moyens dont tu disposeras. En attendant nous trouvons inutile de dépenser autant d'argent pour une jupe dont tu te lasseras aussi vite que le reste !

C'est vrai que je me lasse rapidement de mes vêtements, mais c'est parce qu'ils ne me plaisent pas vraiment que j'ai envie d'en changer tout le temps !

Justement il faut que je quitte ce peignoir et que je m'habille. Ce qui devrait être un plaisir s'est transformé en corvée. D'autant plus que je commence à me demander ce que je mettrai pour la fête de Justine.

Inutile de compter sur une aide de mes parents, comme Luciane ! Je dois me débrouiller seule et cette perspective ne m'enchante pas.

Surtout que j'ai intérêt à me montrer sous mon meilleur look, à être à la hauteur de l'événement sinon j'aurai droit aux sourires en coin dans le meilleur des cas, et dans le pire aux ricanements et aux remarques douteuses !

Si encore je connaissais le thème de la soirée ! La mode, c'est vague. Et surtout c'est immense.

J'adore la mode. C'est ma passion, la seule, qui me permet de supporter le collège, les maths, l'anglais – dans le milieu de la mode il faut que je maîtrise les langues étrangères sinon j'aurai l'air de quoi –, la physique et toutes ces matières qui ne servent à rien.

D'ailleurs, même sur les feuilles de cours, il m'arrive de griffonner, de dessiner sans m'en rendre compte ! Un jour j'ai rendu un devoir de maths avec dans la marge une silhouette vêtue d'une robe de soirée, rouge et longue très chic, et d'un chapeau de paille orné de cerises et de marguerites. La prof m'a rendu ma copie en disant : « Le contraste entre la finesse de la soie rouge et la paille robuste est étonnant, vous avez beaucoup d'imagination, Ophélie, vous pourriez l'utiliser également dans les matières dites scolaires. »

J'ai regardé la prof sous toutes ses coutures et je me suis dit qu'elle méritait mieux que cette jupe grise et droite qui ne la mettait pas en valeur, et ce chemisier passe-partout crème qui lui donnait un air de vieille fille et qui allait mal avec son teint un peu pâle. J'ai imaginé un top de soie rouge très sobre que j'assortirais d'un gilet court en mohair de la même couleur, sur une jupe évasée, une matière fluide, fond rouge et pivoines noires, et j'ai complété le tout par des escarpins vernis noirs ou rouges, décorés d'une boucle dorée, dont les talons rehausseraient sa taille un peu moyenne.

Un jour, je serai styliste et je créerai des modèles agréables à l'œil et accessibles. Les profs pourront les acheter. Ce sera plus agréable pour tout le monde, pour elles et pour les élèves qui sont obligés de les regarder à longueur de cours !

En plus du prêt-à-porter, je créerai aussi des modèles de haute couture à l'intention de quelques privilégiées. Mais c'est un rêve.

J'aime mon rêve. Sans lui, je mourrais d'ennui.

Pour l'instant, je contemple les vêtements que j'ai jetés en vrac sur mon lit. À vrai dire, j'ai vidé le contenu de mon armoire.

Le choix est vite fait. Dans ce fatras il n'y a vraiment rien qui soit susceptible d'être porté lors d'une soirée aussi branchée que celle de Justine.

Cette soirée sera une première pour moi, jusqu'à présent elle n'a jamais daigné m'inviter. Je parie que Luciane a intercédé en ma faveur et que sans elle Justine n'aurait jamais pensé à ma petite personne. Je suis trop moyenne pour elle. Moyenne en classe, mais ce n'est pas le plus grave – elle par contre est très douée en maths et en anglais, elle se destine, se plaît-elle à claironner, à des hautes études commerciales –, mais surtout moyenne question physique : je suis brune, ni grande ni petite, yeux marron, cheveux plats, bref rien d'extraordinaire. Mes parents me prétendent mignonne. Mignonne ce n'est pas belle, encore moins jolie, c'est moyen.

Je n'attire pas les regards, et les vêtements quelconques que je suis obligée de porter n'arrangent rien.

Alors que Justine, elle, a de l'allure ! Elle est longiligne, cheveux longs et blonds, yeux clairs, et il se dégage d'elle une assurance que je suis loin de posséder. Comme dit Luciane, elle a tous les culots, rien ni personne ne lui résiste. Même pas ses parents qui comblent le moindre de ses désirs. Et bien sûr elle s'habille chez les créateurs.

Moi, je ne porte pas les vêtements des boutiques mais j'achète les magazines de mode, *Courrier de la mode, Mademoiselle mode,* etc. Tout mon argent de poche y passe.

En comparaison de ces tenues, les vêtements jetés sur mon lit ne sont que des chiffons infâmes. Pour le principe, j'enfile un des jeans qui reposent sur ma couette.

Hideux, c'est bien ce que je pensais. L'image que me renvoie la psyché ne me laisse aucun doute : j'ai l'air d'une petite fille moyenne.

Donc, pas de jean susceptible de convenir !

J'aurai peut-être plus de chance avec le haut. Mais j'ai beau fouiller parmi ces pulls, tee-shirts, surchemises, rien ne pourra épater Justine ou au moins attirer suffisamment son regard pour qu'elle se rende compte de mon existence.

Et j'aimerais tant qu'elle la remarque, mon existence !

Mais elle ne voit que Luciane. Évidemment, elles ont tout pour s'entendre, elles fréquentent les mêmes boutiques, et se refilent toutes les infos sur les arrivages des nouveaux jeans, tops, accessoires. Elles s'échangent aussi leurs vêtements...

Dernièrement j'ai vu sur Luciane le caraco noir avec le papillon de satin blanc que j'avais remarqué sur Justine la semaine précédente. À moins qu'elles n'aient acheté le même, par mégarde.

Je suis condamnée à refuser l'invitation, qui, entre parenthèses, ne m'est pas encore parvenue.

« Tu aimes trop le luxe, Ophélie ! »

Pourquoi cette petite phrase me trotte-t-elle dans la tête ?

C'est ma mère qui me l'a lancée hier à je ne sais quel propos, j'avais certainement fait une remarque sur l'indigence de ma garde-robe.

La faute à qui si j'aime trop le luxe ?

Pas à mes parents mais à Juliette Massot qui habite au rez-de-chaussée de notre immeuble et que je connais depuis que je sais marcher. Elle a une quarantaine d'années et vit seule avec sa petite chienne blanche qu'elle a appelée Froufrou.

Juliette, je l'adore. Et surtout j'adore l'écouter. Elle est intarissable sur son métier : première d'atelier chez un grand couturier ! Elle m'a raconté qu'elle avait commencé sa carrière dans la haute couture comme petite main. Elle avait dix-huit ans à peine quand elle a débarqué de sa Bretagne natale pour se consacrer à sa passion, la mode.

Et depuis elle a gravi tous les échelons de son métier. Elle est capable d'interpréter les croquis et d'établir les patrons. Ensuite, elle veille à l'exécution du vêtement. Aucun détail ne lui échappe. Mais je parie que ses petites mains l'adorent autant que moi !

Je me souviens qu'à l'occasion de mes quatre ans elle avait créé et cousu pour moi une robe de princesse rose, incrustée de perles blanches. C'était féerique. Pas une seule fille n'avait la même et pour cause ! Elles étaient toutes déguisées (mon anniversaire tombe en février, l'époque du carnaval), mais personne n'avait une robe aussi originale que la mienne !

Seulement le miracle ne s'est pas reproduit. Il faut dire que Juliette a trop de travail pour se consacrer, le soir et les week-ends, à réaliser pour moi des tenues de rêve ! De toute façon, pour être honnête, moi j'aimerais autre chose que ces tenues de rêve conçues par des grands couturiers...

– Qu'est-ce que tu trafiques en slip et en soutien-gorge à cette heure ?

Je sursaute, me retourne pour apercevoir ma mère plantée dans l'embrasure de la porte.

– J'ai frappé, comme tu ne répondais pas je me suis permis d'entrer… Alors, dis-moi, que se passe-t-il ?

– Il se passe, je réponds d'un ton rogue, que je n'ai rien à me mettre sur le dos, que des vieilleries affreuses, pire que les fripes qu'on trouve dans les marchés aux puces, et qu'en plus je suis invitée à une soirée où je ne pourrai pas aller parce que je suis pauvre et que je n'ai pas envie que ça se sache.

– Tu n'es pas pauvre, rétorque ma mère en poussant deux pantalons – hideux – afin de trouver une place où s'asseoir. Seulement je trouve superficiel que tu consacres ton temps et ton énergie à des choses aussi terre à terre, alors que tu pourrais…

Je l'interromps :

– Oui, je sais, tu préférerais que je me transforme en première de la classe. Alors tu serais fière de moi, tu raconterais mes exploits à tes amies de la poste, tu…

C'est elle qui me coupe à présent :

– Pas du tout, Ophélie ! Seulement il y a des choses plus intéressantes que la mode. Moi je n'y attache aucune importance, et ça a toujours été comme ça ! Il n'y a rien de plus idiot que la mode, qui se démode sans cesse. C'est comme si on courait après le temps…

Elle n'aime pas la mode, mais la mode ne l'aime pas non plus. Je la détaille : robe en maille sage, un peu déformée au niveau des épaules – une matière trop bon marché – et mocassins bleu marine. Ça lui donne un look de vieille demoiselle qui n'a envie de plaire à personne. D'ailleurs je l'ai entendue dire à une amie : « Pourquoi devrais-je faire des efforts vestimentaires ? Mon mari m'aime comme je suis et je n'ai besoin de plaire à personne d'autre. »

Mes parents ne comprennent rien à la beauté. Ça ne s'applique pas qu'aux vêtements, mais aussi à la décoration de l'appartement : antique piano en chêne avec des chandeliers en bronze, table de bois sombre qui date de je ne sais quel roi, armoire dite paysanne qui pèse des tonnes, bref rien de design à part le canapé en cuir blanc – et encore c'est grâce à moi qu'ils se sont décidés à l'acheter. La cuisine est équipée en chêne massif qui me hérisse l'œil dès que j'y entre.

Ma mère me couve d'un regard inquiet.

– Je voudrais que tu cesses de te croire pauvre parce que je ne veux pas t'acheter ces bêtises hors de prix dont tu n'as pas vraiment besoin, et que tu te penches sur l'essentiel. L'année prochaine tu entres au lycée, et tu devras choisir une orientation qui te permettra un jour de gagner ta vie, voilà la seule chose qui compte.

Si elle savait ! Si elle savait que je me destine à la mode et rien qu'à la mode ! Sur Internet j'ai déjà surfé à la recherche d'écoles qui pourront m'accueillir ! J'ai trouvé entre autres l'école syndicale de la couture parisienne où, après un cursus de trois ans, je peux espérer me faire remarquer par un grand couturier. Le rêve !

Mais il faut absolument que je garde ce rêve pour moi. Ma mère me voit en postière comme elle ou en banquière comme mon père, elle n'a aucune imagination !

– Ophélie, pour l'instant, il est l'heure de passer à table, alors habille-toi s'il te plaît. Cet après-midi on ira courir les magasins, j'ai pris une demi-journée de RTT. Tu vois que je pense à toi...

J'obtempère. Mais je crains le pire.

J'avais raison.

D'abord ma mère a fait l'impasse sur les boutiques du centre-ville. Au volant de sa Clio, elle s'est dirigée sans hésiter vers ces affreuses grandes surfaces de vêtements où on trouve de tout, m'a-t-elle assuré avec le sourire.

Tout c'est-à-dire rien.

Enfin rien pour moi.

– Le noir c'est facile à porter, a essayé de me persuader ma mère en me tendant un pantalon taille basse, strict à mourir, avec ce top ça sera parfait.

Elle a extirpé du tas de tee-shirts un truc noir à manches mi-longues orné de losanges noirs et blancs. À vomir.

– Tu n'y connais vraiment rien, ai-je soupiré. Si c'est comme ça je préfère rester à la maison plutôt que d'aller à cette soirée, je ne veux pas me ridiculiser.

– Tu le regretteras. D'ailleurs tu ne seras pas ridicule, ce n'est pas parce qu'on n'a pas les mêmes vêtements que les autres qu'on est ridicule. Regarde ce pantalon kaki ! J'ai vu Luciane en porter un de ce genre !

– Oui, mais le sien elle l'a acheté chez Lolablue, c'est toute la différence.

– Quelle différence ?

– Tout ! D'abord, la matière du sien est beaucoup plus souple, plus agréable à l'œil et au toucher... Mais touche pour voir !

Elle a daigné effleurer le tissu.

– Il est très doux, a-t-elle assuré sans se laisser démonter par mon air furieux.

J'ai consulté l'étiquette :

– Du pur coton. Comme je le pensais ! Alors que le sien est un mélange coton et lin !

Elle m'a dévisagée avec une moue perplexe.

– Le lin, ça se fripe.

– Pas quand il est mélangé au coton dans de bonnes proportions et qu'il est de bonne qualité !

Elle n'a pas répondu.

Je n'ai pas cédé. On est sorties du magasin les mains vides.

Je pensais à la réflexion acide que n'aurait pas manqué de me lancer Justine si elle m'avait vue : moi je ne mets jamais les pieds dans ces magasins bas de gamme, c'est pas assez classe !

Dans la voiture, ma mère a soupiré :

– Ophélie, parfois j'ai du mal à te comprendre ! Moi à ton âge j'aurais adoré que ta grand-mère m'emmène dans les magasins pour m'acheter des vêtements même sans marques ! Elle confectionnait elle-même mes habits sous prétexte qu'elle avait appris la couture, seulement en réalité elle savait à peine couper une robe et j'étais affublée comme l'as de pique !

– Moi aussi, ai-je répondu du tac au tac, rien n'a changé !

Ses mains se sont crispées sur le volant, mais elle n'a rien ajouté. Il valait mieux, je me sentais d'une humeur d'orage.

À cause de son obstination stupide, je serai obligée de refuser cette invitation, et au lieu de m'amuser je me morfondrai dans ma chambre en les imaginant tous en train de rire et de danser.

Car une soirée chez Justine, ça doit être ça : rire en buvant des cocktails de toutes les couleurs et en grignotant de petites choses salées. Et danser aussi.

Je ne danserai pas.

Je ne vois pas par quel miracle j'arriverais à trouver une solution.

Pas d'argent, pas de vêtements chez Lolablue.

Blue Cult ou Style Life, le choix

– Téléphone pour toi, Ophélie ! me crie ma mère.

Je jaillis de ma chambre et j'attrape le combiné. Je lance un « allô » désespéré. Ce passage dans cet horrible magasin m'a sapé le moral pour la journée. Un « allô » dynamique me répond. C'est Luciane, toujours aussi gaie et pétulante. Elle tombe mal, je n'ai pas envie de parler, même à elle. C'est dire l'état misérable dans lequel je me trouve.

– Tu sais d'où je sors à l'instant ? De chez Lolablue ! Devine pour quoi j'ai craqué !

J'imagine sans peine. Lolablue, c'est la plus tendance des boutiques pour jeunes de notre petite ville. Évidemment, c'est hors de prix. Et donc inaccessible pour moi.

– Un jean je suppose, je sais que tu les adores ! Alors tu as choisi quelle marque ? Un Blue Cult ou un Style Life ?

Je me dis qu'elle n'a certainement pas eu les moyens de s'offrir le jean Starsystem, taille basse avec des poches placées plutôt devant qu'à l'arrière, et coupé dans une matière stretch.

– Tu n'y es pas du tout ! jubile-t-elle au bout du fil, j'ai pris un Girly Spirit, de la marque Pepe Jeans. Laetitia Casta a le même ! Il est taille basse, hyper simple et super sexy, je n'ai plus qu'à trouver un top pour aller avec, j'en ai repéré deux divins. Un en tissu léger brodé de perles et l'autre en mohair très doux, rose et moelleux, j'hésite encore... D'autant plus que ma grande sœur qui m'a accompagnée pour me donner son avis me dit que le chemisier froissé à manches ballon Hugo Boss m'allait super bien aussi ! C'est horrible de devoir choisir ! Mais je crois que le prix du chemisier va dégoûter mes parents, je n'ose même pas t'avouer combien il coûte... Surtout qu'il me faut encore une besace et une écharpe, je n'ai plus rien de coordonné, du coup... Et toi ? ajoute-t-elle devant mon silence.

– Oh moi, rien ! Je ne suis pas sortie.

Ce n'est pas beau de mentir mais quand il faut il faut.

– Tu as du neuf au sujet de la soirée de Justine ?

– Rien, mais demain on en saura peut-être plus... Écoute, je ne suis pas loin de chez toi, tu veux que je passe ?

Je n'ai pas le courage de lui dire non. Parler avec elle me fera du bien. Et puis même si je ne peux pas acheter de jean Girly Spirit, la conversation va sûrement tourner autour de la mode et ça, c'est ce que j'aime plus que tout. Elle raccroche et je l'imagine en train de ranger son portable dans la poche de sa veste. Moi je n'en ai pas.

– À quoi cela te servirait-il ?, m'a demandé ma mère le jour où j'insistais pour m'en faire offrir un.

– À bavarder avec mes copines, à vous prévenir quand je serai en retard, ai-je plaidé.

– Tu peux très bien téléphoner à tes copines depuis la maison et, si tu en as besoin, utiliser la carte téléphonique. Quand j'avais ton âge les portables n'existaient pas et on survivait sans problème !

L'expression qui tue : « Quand j'avais ton âge. »

Pourtant je dois reconnaître qu'elle n'a pas toujours tort. Le portable ne me servirait pas à grand-chose à part envoyer des SMS et des photos d'un bout à l'autre de la cour du collège, comme tout le monde.

En attendant l'arrivée de Luciane, je m'installe devant mon bureau et je dessine.

Quand j'entendrai la sonnerie, je glisserai mes esquisses dans le tiroir. Personne, pas même ma meilleure amie, ne doit savoir.

D'ailleurs, ce que je fais est trop mauvais pour que je puisse seulement songer à le montrer à qui que ce soit ! Je me suis souvent dit que je pourrais les présenter à Juliette, histoire d'avoir un avis de professionnelle, mais j'ai trop peur de sa réaction. Elle qui côtoie les plus grands stylistes rirait devant mes misérables crayonnés ! Ou plutôt non, elle sourirait aimablement et me dirait : « Persévère, ma petite Ophélie, à force de travail on finit par atteindre le but qu'on s'est fixé. »

Juliette, elle, a atteint le sien.

Dix minutes plus tard, Luciane entre dans ma chambre avec un paquet à la main qu'elle dérobe à ma vue.

– Je ne te montre pas mon jean, tu verras le jour J combien il est sublime !

Je n'insiste pas. On s'installe sur mon lit et j'ouvre le dernier magazine que je viens d'acheter. Luciane renifle ostensiblement en approchant son nez de mon tee-shirt.

– Tu as changé de parfum, non ?

Elle se concentre, les yeux à demi fermés.

– Je sors de chez Sephora où j'ai humé les dernières fragrances... Dans ton parfum il y a du pamplemousse et du patchouli avec un zeste d'ambre. C'est très frais et exotique en même temps... Ça doit être *Starlette* !

Elle m'épate. Ce n'est pas la première fois qu'elle devine le nom de mon parfum. Celui-là, c'est ma marraine qui me l'a offert, mes parents évidemment estiment qu'une eau de Cologne, voire un simple déodorant, c'est largement suffisant.

– Tu es géniale, lui dis-je en le pensant sincèrement, c'est un vrai don que tu as !

– J'y suis pour rien, déclare-t-elle avec humilité. J'ai toujours aimé les odeurs, depuis que je suis toute petite j'ai le nez en l'air...

Tout à coup, elle pointe son doigt sur la page glacée du magazine.

– Cette tenue, là, elle est divine !

– Dessinée par Cristina Ortiz, la styliste de Lanvin, une ex-assistante de Prada ! Regarde comme ce mohair est bien tissé ! C'est son truc, le tissage du mohair, elle le veut si lâche que la liquette en devient évanescente et que ça ressemble à un fin rideau parsemé de strass, c'est vraiment du grand art !

Je précise, pendant que Luciane admire la silhouette sublime du mannequin sur la page glacée :

– Elle, c'est Natalia Vodianova, elle vient de Gorki en Russie, elle habite New York maintenant mais elle a fait ses débuts à Paris. Sa vie est un véritable conte de fées. Elle est accro aux jeans, comme toi, et aux talons aiguilles. Et sur ses jeans évidemment elle met des tops et des caracos hyper féminins, de la soie, du tulle, des matières nobles...

Luciane contemple attentivement la photo et s'exclame :

– C'est fou comme elle ressemble à Bella, tu sais la fille qui vient d'arriver dans notre classe ! Ou plus exactement comme Bella lui ressemble !

– C'est logique, Bella est d'origine roumaine, blonde aux yeux bleus. Sauf que Bella est plus petite.

– Mais tout aussi fine et presque aussi longiligne que ton top model ! Tu sais que moi je rêverais d'être mannequin, pourtant je n'aurai jamais les mensurations qu'il faut... Et puis j'aime trop manger !

On éclate de rire. Je la rassure :

– Il y a de plus en plus de mannequins qui ont droit à quelques rondeurs, regarde Laetitia Casta, elle n'est pas maigrichonne !

On continue à feuilleter la revue, et Luciane tombe en arrêt devant une tenue créée par Stella McCartney, la fille du célèbre sir Paul McCartney. Dire qu'à quinze ans elle avait déjà travaillé avec Christian Lacroix sur sa première collection haute couture et qu'elle a dessiné la robe de mariée de Madonna !

La tenue que porte le mannequin est digne de Stella McCartney et je reconnais sa griffe : robe dans un dégradé de rouges, mélange bustier et corset dans une matière très fluide, et par-dessus, ouvert, un manteau de tweed. Je sais qu'elle aime les jupes de dentelles romantiques et les tailleurs-pantalons seventies. Moi aussi.

On est en train de rêver quand brusquement le portable de Luciane se met à sonner ou plutôt reproduit le refrain d'une chanson que j'aime bien.

– Tu vois, le portable ça a un inconvénient : on peut être joint partout ! C'est ma mère, je parie qu'elle va me demander de rentrer !

Elle décroche et je l'entends prononcer :

– Mais oui maman, j'arrive ! Mais non, ne te fais pas de souci, je suis chez Ophélie, on bavarde et je n'ai pas vu l'heure passer…

Dès que Justine est partie, je me précipite sur mon carnet de croquis. Et je dessine. Avoir admiré les tenues de mes créateurs préférés me donne des ailes, et je laisse courir mes pastels sur la feuille.

Je me sens toujours bien quand je dessine. Comme si j'accomplissais quelque chose d'unique.

Maintenant que j'y pense, ce que je fais est unique : personne ne peut dessiner à ma place.

Cela vaut peut-être mieux, me dis-je en contemplant le résultat : une jupe gitane asymétrique sur laquelle j'ai collé de larges roses que j'imagine en matière brillante.

N'importe quoi. Je me demande qui oserait porter un vêtement aussi étrange.

Original, me souffle une petite voix dans ma tête. Ce qui est original est toujours un peu étrange, du moins au début. Ça prouve que tu es une vraie créatrice.

Cette voix est folle. Mais je l'aime.

La voix de ma mère de l'autre côté de la porte me sort de ma rêverie.

– On passe à table, Ophélie !

Je détache du carnet ma jupe gitane complètement folle et je jette la feuille dans la corbeille où elle rejoint ses semblables.

Mes œuvres ne sont pas assez réussies pour que je les garde.

À table, la conversation tourne autour de ma future orientation. C'est la question qui préoccupe le plus mes parents en ce moment. S'ils connaissaient l'existence de mes croquis, ils seraient vite fixés !

Je préfère leur faire croire que je n'ai pris aucune décision.

– Moi à ton âge, s'exclame mon père, j'avais déjà la passion des chiffres ! Je vérifiais les relevés bancaires de ma mère qui était très négligente dans ce domaine ! Ophélie, il faut absolument que tu te trouves un centre d'intérêt. Je te verrais bien enseignante, tu aimes les enfants et tes résultats scolaires sont plutôt bons...

– Et tu pourras t'occuper de tes enfants, complète ma mère en me fixant d'un œil ravi, ton père a raison ! En choisissant ta profession c'est ton avenir que tu engages, il est important de réfléchir afin de ne pas se tromper.

Je voudrais bien lui demander si elle ne s'est pas trompée, elle, en entrant à la poste, mais je préfère me taire.

– Ton amie Luciane, à quoi se destine-t-elle ? demande papa.

Je lance sans réfléchir :

– Elle rêve de devenir mannequin...

Aussitôt je regrette d'avoir parlé, car les remarques fusent : la mode est un milieu très dur, aussi dur que le cinéma et le show-biz, tous des requins qui vont la dévorer toute crue, elle n'y trouvera pas sa place.

– Les top models sont soumises à des pressions terribles, explique ma mère. Elles s'alimentent très peu, parfois même elles sont anorexiques, et puis leurs carrières ne durent pas longtemps, les pauvres, elles sont vite remplacées par de plus jeunes... Je n'imagine pas Luciane dans ce guêpier !

Je me mords les lèvres. Comment peuvent-ils être aussi sûrs d'eux ? Ils ne connaissent rien à la mode ni au milieu de la mode ! Je lance sans réfléchir, une fois de plus :

– Tu crois que la poste c'est mieux ? Avec tes clients qui t'agressent parce qu'ils ont attendu des heures devant le guichet, et ton chef qui t'enquiquine à longueur de journée pour des prétextes bidon ? Et j'ajoute, très en forme, en me tournant vers mon père, la banque non plus ce n'est pas génial...

Ils ne répondent pas. Je crois que j'ai marqué un point.

Marre qu'on s'attaque à ce que j'aime le plus !

Dès que j'ai réintégré ma chambre, je reprends mon carnet de croquis, mes pastels, mes feutres, et je me remets à dessiner. Je laisse courir mon imagination, c'est vertigineux, génial, apaisant, c'est une sensation bien plus puissante que de sortir de chez Lolablue avec un nouveau pantalon, ou de se ruer aux soldes de H&M.

Devant ma feuille, je suis à ma place.

Mais personne ne le sait.

Tout à coup je me surprends à penser à cette Bella dont Luciane a parlé cet après-midi. Je ne lui avais pas prêté beaucoup attention jusqu'à ce jour. Mais c'est vrai qu'elle est belle, longue, et fine. Et si blonde. Elle est même plus classe que Luciane et que Justine qui se croit une beauté fatale. Luciane est mignonne avec ses cheveux roux et son visage rond, Justine est très sexy, mais Bella, elle, est belle. Elle porte le prénom qui lui convient.

Je me demande si elle aime la mode. Rien ne le laisse penser. Elle porte toujours des chemisiers sages, blancs et cintrés, et des pantalons encore plus ternes, achetés sans doute en grande surface. Ce qui ne l'empêche pas d'être superbe.

Du coup, je lui dessine une tenue sur le papier : robe longue dans un drapé liquide qui mettra en valeur son corps mince, androgyne comme dirait Calvin Klein, profond décolleté, un satin crème hyper sobre et par-dessus une petite cape en zibeline d'un bleu tendre coordonné à la couleur de ses yeux, avec des effets de fleurs multicolores aux pétales en tissu.

Je me demande si ça plairait à Bella. C'est très glamour. Disons que pour aller au collège, ce n'est pas l'idéal, je ne pense pas que la principale apprécierait...

De toute façon, ces dessins ne sont que du vent.

Ma mère a raison, la mode c'est du vent.

Je ferais mieux de réviser mes maths pour le contrôle de demain. Si je veux être instit, j'ai intérêt à travailler.

Mais je ne veux pas enseigner. Je veux vivre dans la mode, pour la mode, et de la mode. Vaste programme.

Justement, ce soir à la télé passe un film au titre accrocheur : *Fashion victims*. D'après *Télérama* il s'agit d'une histoire policière qui se déroule dans le milieu des grands couturiers parisiens.

Il n'y a plus qu'à persuader mes parents de me laisser le regarder.

Les yeux bleus de Victor

– Debout, Ophélie, c'est l'heure ! Tu n'as pas entendu sonner ton réveil ?

J'ouvre un œil, la lumière tombe sur moi, j'aperçois ma mère en train de remonter les volets. J'articule d'un ton morne :

– Il n'a pas sonné, ou alors je n'ai rien entendu…

– Ce n'est pas grave, allez ouste, remue-toi, sinon tu vas arriver en retard au collège !

Comme si j'avais le cœur à me rendre en cours ! Je préférerais rester dans mon rêve : j'évoluais parmi les vêtements, je les faisais essayer aux clientes, je donnais des conseils, elles m'écoutaient, elles se fiaient à mon jugement et repartaient contentes, habillées de pied en cap par moi, Ophélie.

Toutefois le rêve ne dit pas si ces vêtements portaient ma griffe. Je n'étais sûrement que simple vendeuse, au mieux gérante du magasin !

Mais au moins, c'est dans la mode.

Je me demande si ce n'est pas ce qu'il me faut. Styliste c'est trop dur, un rêve impossible à atteindre, il faut avoir un talent fou que je suis loin de posséder, il faut maîtriser ses crayons, et moi j'ai tendance à dessiner ce qui me passe par la tête. Je crois qu'il serait plus raisonnable de m'orienter vers la vente...

– À propos de notre discussion d'hier soir, commence mon père pendant que je m'assieds en face de lui à la table du petit déjeuner, j'ai réfléchi cette nuit. Enseignante évidemment c'est un beau métier, mais tu feras ce que tu voudras Ophélie...

Il ajoute, presque à voix basse :

– La vie est trop courte pour la gâcher à faire ce qu'on n'aime pas. Je suis sûr que tu trouveras ta place et que tu y réussiras. D'ailleurs quand on est vraiment à sa place, on finit toujours par réussir... Moi je suis bien devenu directeur de mon agence !

Ma mère soupire :

– J'aurais voulu être bibliothécaire, vivre au milieu des livres, mais j'ai tenté le concours des PTT et j'ai été reçue.

Elle a l'air de le regretter. Son soupir en dit long. Je me demande si je ne ferais pas mieux de leur dévoiler ma passion pour le dessin, de leur montrer mes croquis, mais me laisser libre de mon choix ne garantit pas qu'ils approuveraient ma passion pour la mode !

– Si les métiers de la banque te tentent, je t'aiderai, suggère mon père qui a certainement une petite idée derrière la tête.

Je préfère me taire. La mode, ce n'est pas assez convenable pour des gens aussi sérieux qu'eux.

– Tu as l'air dans les nuages ce matin, constate ma mère en se levant de table, je regrette de t'avoir laissée regarder ce film hier soir, tu t'es couchée trop tard.

Moi, je ne regrette rien. J'ai adoré le personnage du mannequin, sublime, qui ressemblait tellement à Marija Vujovic que j'ai d'abord cru que c'était elle.

Marija, c'est mon deuxième top model préféré ! Elle est née au Monténégro. À dix-huit ans elle est devenue la protégée de l'agence Viva. Son rêve est de devenir une grande actrice comme Gwyneth Paltrow qu'elle considère comme une star totale, à la fois vraie comédienne et icône de mode. Marija, c'est tout le contraire de Natalia Vodianova : elle a une allure de femme fatale avec ses yeux noirs mystérieux, sa crinière brune sauvage.

Pour en revenir au film, la top model se fait assassiner par un grand couturier à qui elle avait subtilisé des dessins pour les revendre à prix d'or à un concurrent.

À son dernier défilé elle portait une jupe à volants d'où dépassait un jupon rebrodé au point de croix, une casaque blanche très sobre ourlée de dentelles, une toque de velours moiré sur les cheveux, et un pardessus à poches d'astrakan assemblé dans des châles qui devaient être de cachemire, mais je n'en suis pas sûre, il faudra que je demande à Juliette qui a dû regarder le film.

Cette tenue d'ailleurs m'a fait penser à Bella, peut-être à cause de la casaque qui évoquait la Russie ou les pays de l'Est.

– Bon, lance mon père en m'arrachant à mes pensées, je te donne dix secondes pour passer une veste. On n'est pas en avance...

Je cours prendre ma veste et mon sac, et je m'installe dans la voiture à côté de lui.

– J'ai une bonne nouvelle pour toi, Ophélie. Je t'avais promis des vacances de Noël à la neige, eh bien j'ai réservé une semaine dans un club à Tignes. Il y a une discothèque.

– Je pourrai y aller ?

– Une fois ou deux...

Je me dis que c'est le moment et je fonce :

– Euh papa, je suis invitée à une soirée top, et je ne vais certainement pas pouvoir y aller.

– Mais pourquoi ? s'étonne-t-il.

– Parce que je n'ai rien à me mettre, c'est simple ! Et maman refuse de m'acheter ce que je veux ! J'ai vu une jupe Ubula chez Lolablue, avec un petit chemisier cintré blanc hyper chic et une besace, une écharpe et...

Mon père m'interrompt :

– Ton amie n'exige sûrement pas que tu te transformes en top model !

– Si justement, je crie presque, tu ne comprends rien, la mode c'est ce qu'il y a de plus important. Au collège toutes les filles sont accros, et moi je suis la seule à ne pas porter de jolies choses, des marques comme tout le monde.

– Ta mère a raison de refuser de t'acheter ces marques, c'est ridicule ! Essaie de te montrer lucide et critique. Ne vois-tu pas que le seul but des campagnes publicitaires c'est de vous manipuler, vous les jeunes ? Vous êtes des proies faciles pour les spécialistes du marketing !

Je me tasse sur mon siège. Ce qu'il dit, je me le suis souvent répété.

– Juste une fois, je le supplie, juste pour cette soirée...

– Écoute, Ophélie, la moitié de l'humanité meurt de faim et vous, vous ne pensez qu'à vos vêtements. Nous, de notre temps, on ne faisait pas tant d'histoires...

– Toi peut-être, mais la mode existait déjà, ce n'est pas moi qui l'ai inventée.

Justement, j'aimerais bien l'inventer, la mode.

– En tout cas, on n'était pas obsédés par la pub. Et on s'amusait même sans marques !

Je m'extirpe tristement de la voiture.

Une seule petite fois, est-ce trop demander ?

Ils sont tous là, agglutinés contre le mur du collège. Je distingue Johan au centre, la tête enfoncée dans son sempiternel bonnet Ramsès, et autour de lui Justine, Luciane et deux autres filles de ma classe.

Sans trop savoir pourquoi, je lance :

– Salut les disciples !

Ce matin, j'ai envie d'être désagréable. Même avec Luciane. Je dois être vraiment de mauvaise humeur...

– Pourquoi les disciples ? s'informe Luciane d'un air surpris.

– Fastoche voyons, répond une voix qui

s'élève dans mon dos, les disciples et le maître. Vous n'avez jamais lu *Léonard* ?

La voix a aussi un corps. Victor me sourit. En général il ne se mêle pas à nous, il reste dans son coin, un bouquin à la main, les écouteurs de son MP3 dans les oreilles. Personne ne sait ce qu'il écoute ni ce qu'il lit.

Johan l'interpelle, goguenard :

– Oh l'intello de service, tu t'intéresses à nous ? C'est nouveau ! Tu as perdu ton bouquin ou t'as tout lu ?

Les autres s'empressent de glousser.

Johan, encouragé, poursuit :

– Dégage !

Victor se contente de le fixer sans broncher.

– Arrière, je te dis ! Je n'ai pas envie qu'on te voie avec moi ! T'as pas honte avec ton look et tes chaussures ?

Tous les regards plongent sur les chaussures de Victor. Même le mien. Il porte des tennis sans marque que l'on achète dans les grandes surfaces.

– C'est franchement moche, déclare Justine en faisant la moue.

Je remarque qu'elle a un minuscule piercing au nez. Je ne trouve pas ça franchement beau mais je vais éviter de lui en faire la remarque, elle n'apprécierait pas, et surtout elle oublierait de m'inviter à sa fête…

Sa fête, je risque bien de ne pas pouvoir y aller, faute de tenue correcte.

Personne n'ajoute rien à la remarque de Justine qui a toujours le dernier mot.

Moi aussi je me tais, et mon silence m'irrite. Je voudrais disparaître dans un trou de souris : je viens de me rendre compte que Victor et moi nous nous ressemblons. Il ne porte ni chaussures coûteuses ni vêtements tendance, et il n'est pas accepté par la bande. Moi je ne suis acceptée que grâce à Luciane. Sans elle, personne ne me parlerait. Ça se passe comme ça au collège ! Sans marques on est considéré comme les pestiférés au Moyen Âge ! Et les pires ce sont Johan, Justine et les quelques filles qui gravitent autour d'eux. Luciane, elle, est moins enragée, peut-être grâce à mon influence ou alors parce que, malgré ses achats répétés, elle est moins obsédée par la mode que les autres. Elle, ce sont plutôt les parfums qui la branchent.

Tout à coup, Johan bondit sur Victor, lui arrache les écouteurs de son MP3 qu'il glisse dans ses oreilles. Il se concentre quelques secondes et s'exclame :

– Ça alors, c'est de la musique classique ! Mais c'est qui, ce type ? Un zombie ?

À nouveau la bande s'esclaffe. Justine croit bon d'ajouter :

– La musique a évolué depuis Beethoven !
– Beaucoup de rappeurs s'en sont inspirés, rétorque Victor sans aucune agressivité, et à son époque Beethoven était un rebelle lui aussi...

Puis il s'éloigne d'un pas tranquille que je trouve majestueux. Ils restent tous bouche bée. Et moi j'ai presque envie de les planter là et de courir vers Victor.

Alors, pour ne pas être transparente comme d'habitude – c'est toujours Johan ou Justine qui mène la conversation –, je lance :

– Vous avez vu le film hier soir à la télé ?
– Ouais, s'écrie Johan, *Taxi 3* ! Il y avait des courses-poursuites démentes !
– Non, l'autre film ! Celui qui se passait dans le milieu de la haute couture !

Je crois que j'ai réussi à attirer leur attention. Justine s'exclame avec une pointe de regret dans la voix :

– Je l'ai loupé ! Ça devait être génial !
– Ouais, reprend Johan, mais la haute couture ça ne se porte pas au collège...
– Bien sûr, je réponds, il n'y a que trois cents privilégiés dans le monde qui peuvent se permettre d'avoir les tenues des grands couturiers. Mais nous, on peut quand même avoir accès à leurs collections de prêt-à-porter...

Pour une fois qu'ils m'écoutent, autant en profiter :

– Je trouve que la réflexion sur les tennis de Victor était nulle. Il a le droit de...

Justine m'interrompt :

– Tu ne vas pas prendre la défense de ce ringard ! À moins que tu ne lui ressembles !

– Franchement ses tennis, ricane Johan, excuse-moi mais je ne les porterais même pas chez moi, alors au collège...

J'explose soudain.

– Pour toi tout est moche et débile ! Parce que tu crois que ton pantalon n'est pas moche peut-être ? Il a beau être tendance et stylé comme tu dis, tu es obligé de le remonter sans arrêt sinon il te tomberait sur les chevilles et tu aurais l'air fin ! Moi, franchement, je le trouve hideux ! Même s'il coûte les yeux de la tête !

Sur ce, je tourne le dos et m'éloigne en direction de la salle de cours. D'ailleurs la cloche se met à sonner.

Luciane me rejoint :

– Qu'est-ce qui t'a pris, Ophélie ?

Comment lui expliquer ? Je ne comprends pas moi-même pourquoi j'ai enfin réussi à exprimer ce que j'avais sur le cœur depuis si longtemps.

– Écoute, Luciane, il y en a marre de la dictature de Johan et de Justine ! Ils savent tout, décident de tout et se mêlent de tout.

Luciane me dévisage d'un œil affolé :

– Ne dis pas ça ! Si on se les met à dos on sera seules, et adieu la soirée de Justine !

Elle ajoute en me fixant :

– Moi je veux y aller. On n'a pas tellement l'occasion de s'amuser et je n'ai pas fait des folies hier chez Lolablue pour rien ! Alors, un bon conseil, Ophélie, tiens-toi à carreau, sinon je…

Elle n'achève pas sa pensée. On est sur le pas de la porte de la salle de cours. Elle passe devant moi, le visage fermé.

Je crois bien que c'est une menace que je viens d'entendre. Si je ne me tais pas, je la perds. Ça veut dire qu'entre Johan, Justine et moi, son choix est vite fait.

Tout ça à cause de vêtements !

Je suis si triste que je n'ai pas envie d'entrer en classe. Dans les escaliers je vois Victor qui parvient à ma hauteur. Dois-je l'arrêter et lui dire que je me sens proche de lui, que sa passion pour la musique ressemble à ma passion pour la mode ?

Les autres aussi bien sûr apprécient la mode, mais pas de la même façon que moi. Moi, j'aimerais créer mes propres modèles, dans de belles matières nobles, la soie, le mohair, le lin, le brocart, le taffetas, des modèles beaucoup plus originaux que ceux qu'on trouve chez Lolablue. Et qui seraient beaucoup plus agréables à porter.

Au moment d'entrer en cours, Victor me sourit.

Je n'avais jamais remarqué à quel point ses yeux sont bleus !

Du coup, je m'assieds à côté de Luciane sans prêter attention au regard furieux qu'elle me lance.

Un après-midi de rêve

– Ophélie, pouvez-vous passer au tableau ? À condition, bien sûr, que vous émergiez de vos songes...

Je me lève sous les ricanements, brefs. La prof ne tolère aucun écart de conduite. Même Johan n'ose pas la provoquer. Ce n'est que lorsqu'elle est à plus de cent mètres de lui qu'il se permet de dire à voix basse qu'elle est moche. Il est vrai qu'elle sort de l'ordinaire. Elle porte ses cheveux bruns ramassés en chignon sur la nuque et s'habille de jupes larges bouffantes et de chemisiers ajustés. Son style ne ressemble à rien de connu. Au moins, elle a une personnalité bien à elle !

Je n'ai plus qu'à me diriger vers le tableau pour résoudre le problème de géométrie. C'est encore la partie des maths que je déteste le moins, sûrement parce qu'on dessine !

Je me débrouille passablement et Mme Duval désigne une autre victime : Bella.

Elle se lève et je me demande si les autres remarquent comme moi à quel point elle est belle. Elle a un teint lumineux de blonde, des yeux très clairs, on dirait une fleur élancée qui voudrait toucher le ciel.

Bella ne parle pas bien notre langue, elle est en France depuis peu, mais les maths c'est universel et elle résout l'exercice sans peine, avec les félicitations de la prof.

Quand elle regagne sa place, j'entends Johan devant moi murmurer :

– Oh le sweat ! La honte !

Décidément, il est trop bête.

Heureusement, Victor se tourne vers elle et lui sourit. Lui, je parie qu'il aime la beauté !

Ça me grignote le cœur tout à coup. Bella est mille fois plus belle que moi qui suis moyenne, et banale ! Si ça se trouve, il éprouvera une folle envie de l'aider dans les matières où elle est faible, comme le français... il lui donnera des cours particuliers, ils écouteront Beethoven ensemble... et il finira par poser ses lèvres sur ses lèvres sublimes.

Et moi je resterai seule, fâchée avec Luciane, rejetée par Johan et sa bande, et oubliée de tous.

Je dessinerai.

Bizarre, mais cette idée me console un peu du reste.

Quoi qu'il arrive, je dessinerai. Même en larmes, je me pencherai sur mon carnet et j'esquisserai des silhouettes de rêve qui n'existent que dans ma tête.

Et ça, personne ne pourra me l'interdire. Personne ne pourra me critiquer.

Puisque personne ne sait.

Enfin, l'interclasse sonne. Délivrée !

Dans le couloir, Johan me bouscule en susurrant :

– Alors on est tombée amoureuse du ringard de service ?

Aucune répartie ne me vient à l'esprit. D'ailleurs il est déjà loin, en train de ricaner avec ses disciples qui boivent la moindre de ses plaisanteries douteuses. Quand je pense qu'il sera à la soirée de Justine !

Il y sera, mais pas moi. Je n'irai pas, même si Justine m'invite et me supplie de venir. D'ailleurs Victor n'est pas convié à la fête, of course. On n'aime pas les ringards qui écoutent Beethoven, sont chaussés de tennis bon marché et osent tenir tête au maître.

Je descends les escaliers – c'est fou le nombre de marches qu'il peut y avoir dans ce collège – quand je sens une main se poser sur mon bras.

– C'est sympa de ne pas avoir ricané avec les autres tout à l'heure, dit Victor d'un ton aussi doux que celui de Johan est aigu et péremptoire.

– J'avoue que j'ai du mal à les comprendre.

– C'est bizarre que tu sois dans leur bande ! Tu leur ressembles si peu !

Je crois que je suis en train de rougir. Il poursuit de sa voix claire :

– Tu es tellement différente d'eux, et même de ta copine Luciane ! Eux ils sont presque interchangeables, mais toi tu es…

Il cherche le mot qui convient.

– Tu es unique, je n'ai jamais rencontré quelqu'un comme toi. Tu sais, j'ai remarqué que tu es souvent ailleurs pendant que les profs parlent, et je me suis toujours demandé à quoi tu rêvais…

Là, je me sens devenir écarlate. Je parie qu'un coquelicot à côté de moi paraîtrait pâlichon.

– Samedi prochain, j'ai invité mon cousin et une copine chez moi, ajoute Victor en me regardant dans les yeux – les siens sont de plus en plus bleus –, si tu veux venir…

Je dois avoir l'air complètement ahuri car il répète :

– Ça te ferait plaisir de venir ? On pourra discuter.

Je bredouille que je dois d'abord consulter mon agenda – n'importe quoi, mon agenda est désespérément vide – et je me dépêche de filer.

Moi chez Victor ! Il vaudrait mieux que les autres ne l'apprennent pas, les représailles seraient terribles. J'imagine les ricanements de Johan et l'air condescendant de Justine. Même Luciane ne comprendrait pas.

Je n'irai pas chez Victor. Enfin, sans doute pas... Mais malgré moi je commence à réfléchir à ce que je pourrais lui apporter pour lui faire plaisir.

Et puis non, je n'irai pas, car si on l'apprenait, ma soirée chez Justine serait fortement compromise pour ne pas dire purement et simplement annulée.

Ou alors si j'y vais, je ne dirai rien à personne, même pas à Luciane.

C'est vraiment triste de ne pas pouvoir tout révéler à sa meilleure amie. Je lui dissimule mes dessins, et maintenant je lui tais mon invitation chez Victor.

C'est idiot. Tout ça à cause de ces stupides histoires de vêtements !

Si chacun se sentait libre de porter ce qu'il veut, ou ce qu'il lui plaît, il y aurait moins de problèmes.

Pourquoi Johan et sa bande ne peuvent-ils supporter que Victor soit différent d'eux ?

Samedi, quatorze heures.

Victor m'attend. Et moi j'ai décidé de me rendre chez lui. Il serait trop déçu si je ne venais pas, et je ne vois pas pour quelle raison je n'irais pas.

J'ai envie de le voir en dehors du collège, c'est un motif suffisant pour braver les remarques de Johan et de sa bande.

D'ailleurs je n'ai toujours pas été invitée par Justine officiellement. Hier au collège elle a prétendu qu'elle était en train de préparer ses cartons. Car elle veut faire ça dans les règles de l'art, dit-elle. Chacun recevra, par la poste, son invitation personnelle.

« Vous aurez une sacrée surprise », a-t-elle affirmé avec un petit sourire. Qu'est-ce qu'elle mijote ? Elle n'a pas voulu en dire davantage mais on sera bientôt fixés.

Pour l'instant, je préfère penser à Victor. J'ai soigné ma tenue, c'est-à-dire que j'ai essayé de faire pour le mieux avec le peu dont je dispose. Jupe évasée, et un pull de maille jaune très douce qui ressemble à du mohair mais qui n'est que du synthétique. J'ai trouvé une écharpe dans le chiffonnier, qui appartenait à ma mère et qu'elle ne met plus depuis longtemps, en mousseline de soie, et mieux encore j'ai déniché dans le placard de l'entrée une ceinture en cuir qui s'harmonise à merveille avec le reste.

Heureusement, la veste en jean est passe-partout. Pas géniale mais elle ne détonne pas.

Le cadeau dans la poche, je marche vers le pavillon de Victor avec le sentiment grisant d'être une aventurière. Si je rencontrais Justine ou Luciane ou quelqu'un de la bande, ce serait très excitant...

Justement, voilà Justine et sa copine Amélie, qui me font un signe de la main sans même daigner s'arrêter. Elles sont trop pressées sans doute d'aller faire du shopping dans leurs boutiques favorites. De toute façon elles ne m'auraient pas proposé de les accompagner, je n'achète jamais rien, je me contente d'examiner les vêtements sous toutes leurs coutures, leurs formes, leurs tissus, leurs couleurs. Tout a de l'importance, un détail peut faire d'une jupe un sac immonde... idem pour un pantalon.

Mais j'ai eu le temps d'apercevoir la nouvelle veste de Justine, cintrée, en lainage noir, avec des boucles en métal. Je l'avais remarquée dans une boutique du centre-ville. Elle est mignonne mais moi j'y aurais ajouté une petite fantaisie autour du col, par exemple un ruban rouge ou une écharpe multicolore.

Seulement personne ne me demande mon avis... même Luciane trouve que je critique tout. Elle, elle est branchée parfum, et en admiration devant les flacons imaginés par Jean-Paul Gaultier.

On a un terrain d'entente : les parfums. Ils se coordonnent avec les tenues que je dessine. D'ailleurs sous chaque crayonné je colle une étiquette avec le nom d'une eau de toilette, *Diva, Suspense, Love, Poême,* etc. Le parfum, c'est un peu l'âme secrète de la toilette, sa touche subtile et évanescente, ça ne se voit pas et pourtant c'est absolument nécessaire.

Je suis arrivée. C'est un pavillon en meulière qui ne se démarque pas de ceux qui l'entourent, avec un jardinet fermé par une grille que je pousse.

À peine ai-je mis le doigt sur la sonnette que la porte s'ouvre. À croire qu'il me guettait !

Victor porte un jean qui ne tombe pas sur ses chevilles, comme celui de Johan, et un tee-shirt bleu ciel coordonné à la couleur de ses yeux. J'ai presque envie de lui dire que cette simplicité lui va bien, mais je n'ai pas le temps.

Derrière lui, qui vois-je ?

Je manque tomber à la renverse. Bella !

Je ne sais pas quoi penser. Bella chez Victor ! Évidemment, vu le sourire qu'il lui a adressé pendant le cours de maths – et ça ne devait être ni le premier ni le dernier –, j'aurais dû m'y attendre. Je suis vraiment naïve.

Pour me donner une contenance, je lui tends le petit paquet que j'ai préparé à son intention.

– Oh merci, il ne fallait pas, Ophélie ! s'écrie-t-il en déchirant le papier. Un roman policier, super ! Comment savais-tu que j'adore lire ?

– Heu... je m'en doutais un peu. Tu as toujours un livre à la main.

Je bredouille, un peu gênée, car je viens ni plus ni moins d'avouer que je l'ai observé dans la cour du collège. J'enchaîne vite :

– J'ai beaucoup hésité, j'avais peur que tu aies lu tous les titres de cet auteur, ou que tu n'aimes pas les policiers...

Je m'embrouille de plus en plus. Heureusement il conclut :

– J'adore, Ophélie, j'adore tous les romans ou presque et surtout j'adore que tu l'aies choisi pour moi.

Et moi, j'adore la façon dont il prononce mon prénom. Si Luciane nous voyait, elle dirait que je suis tombée amoureuse. Elle n'aurait peut-être pas tort.

– On ne va pas rester plantés dans le hall, Alexandre nous attend dans ma chambre. Allons le rejoindre !

La première chose que je vois en entrant dans sa chambre, c'est lui : énorme, luisant, noir. Un piano à queue gigantesque qui emplit pratiquement la moitié de la pièce.

Le fameux Alexandre est assis sur le tabouret et joue un air que je ne connais pas, et pour cause, je suis nulle en musique classique. Mes parents n'en écoutent pas beaucoup, et moi je suis plutôt branchée chanteurs contemporains.

Alexandre se lève en nous entendant entrer.

– Je me suis amusé un peu, dit-il avec l'air de s'excuser, mais j'ai dû vous casser les oreilles.

– Pas du tout ! rétorque Victor. Tu devrais te remettre sérieusement au piano, c'est dommage que tu aies arrêté le conservatoire.

Alex sourit. Il ressemble à son cousin, avec un peu moins de charme à mon avis. Mais Bella, elle, a l'air de le trouver très à son goût. Elle qui est si timide, si réservée, le boit littéralement des yeux. Assisterais-je au début d'une merveilleuse histoire d'amour ? Dommage que son pantalon de toile écrue soit banal et son pull à col roulé un peu trop lâche.

En un clin d'œil, je l'habille d'une jupe de velours noir brodée de perles blanches et d'un caraco fluide rose qui rehaussera son teint de blonde.

Pendant que je suis en train de rêver, Victor s'installe au piano.

– J'ai envie de vous jouer le morceau de Diabelli que j'interpréterai le jour de mon audition au conservatoire. Si je réussis à convaincre les membres du jury, je passerai dans la classe supérieure. Sinon peut-être que je serai si découragé que j'arrêterai... Vous me donnerez votre avis ?

On s'installe sur le lit en acquiesçant, et on écoute.

J'ai honte de ne rien connaître à la musique classique, à part quelques noms prestigieux comme Vivaldi, Mozart, Bach ou Chopin...

Je reconnais que c'est un peu juste comme culture musicale. Pourtant je suis sensible aux valses quand j'en entends par hasard à la radio. Et puis la *Neuvième Symphonie* de Beethoven et surtout *L'Hymne à la joie* me mettent en transe.

Je regrette de ne pas avoir été plus attentive aux cours de musique de l'année dernière, je saurais au moins qui est ce Diabelli !

Victor joue et c'est magnifique. Sa musique déferle comme une vague de toutes les couleurs, puissante, irrésistible. Elle me submerge et m'entraîne vers le large où l'eau est divinement douce.

Je ne peux détacher mon regard de son visage. Qu'il est beau ! Il irradie littéralement, comme illuminé de l'intérieur. Ses mains volent sur les touches. Soudain, je comprends ce qu'il ressent : il est dans le même état que moi devant mon carnet de croquis, quand je cherche à atteindre le meilleur de moi-même. Il est seul, magnifiquement seul, et en même temps en parfaite communion avec les autres, c'est-à-dire nous. C'est du moins ce que je ressens.

Moi aussi quand je dessine j'ai envie de faire partager mes émotions, seulement c'est impossible. Qui mes croquis intéresseraient-ils ?

Je regarde Victor, et je suis si émue que des larmes se pressent sous mes paupières. Je tourne la tête vers Bella : ses joues sont toutes mouillées. Elle aussi se laisse envahir par la musique. J'ai envie de prendre sa main dans la mienne et de la serrer très fort.

La musique s'est tue. Je retombe. Victor se retourne, quitte son tabouret de velours rouge et s'incline légèrement vers nous. L'audition est finie.

– Alors, ça vous a plu ?

Au moment où il pose cette question, son regard croise le mien. Je jurerais que c'est à moi qu'elle s'adresse !

J'ai la gorge si serrée que je suis incapable de prononcer la moindre syllabe. Que lui dirais-je ? Que c'était beau ? C'était plus que beau... les mots me manquent pour exprimer mes sentiments. Victor va me prendre pour une inculte idiote et il aura raison. Et s'il connaissait ma passion pour la mode, il me trouverait sûrement superficielle.

– Tu joues bien, assure Bella de son accent délicieux.

Je parie que si elle maîtrisait mieux notre langue, elle n'aurait pas de mal à employer les mots qui touchent. Elle lui parlerait de son art, et il l'écouterait, subjugué.

Victor fait la grimace. Il y a comme une ombre dans ses yeux clairs.

– C'est gentil de m'encourager... Dans une semaine et demie je suis fixé ! Pour l'instant, si on pensait plutôt à boire quelque chose ? Qu'est-ce qui vous tente ? J'ai de l'Orangina, du Coca, du jus d'ananas...

Bella et moi on opte pour le Coca, Alexandre – qui entre parenthèses ne quitte pas Bella des yeux – préfère l'Orangina. Victor revient quelques minutes plus tard, un plateau dans les mains.

J'aime sa chambre. Elle lui ressemble. Elle est calme et lumineuse, avec des posters accrochés sur les murs clairs. Je parie que ce sont des musiciens, mais je suis incapable de poser un nom sur aucun d'eux, sauf Corneille et le groupe Coldplay (parce que c'est écrit au bas du poster !).

– Je vous présente Beethoven, déclare Victor en désignant un type aux cheveux fous. Il a de l'allure, non ? Il a passé sa vie à se consacrer à la musique, même sourd il composait encore. Rien d'autre ne l'intéressait. Il se montrait parfois assez odieux avec les gens de son entourage, il ne supportait pas qu'on vienne le distraire.

– Pas comme toi, rigole Alexandre qui s'est approché de Bella.

– C'est vrai, reconnaît Victor en souriant, moi j'aime plein d'autres choses, et surtout j'aime que vous soyez là... Et vous, demande-t-il en s'adressant à Bella et moi, quelle est votre passion ?

Il me prend au dépourvu, j'essaie de m'en tirer avec une pirouette.

– Pas le collège en tout cas !

Ils éclatent de rire. Et moi je me dis que j'ai caché l'essentiel. Pour une fois que j'avais l'occasion de parler de ma passion ! Peut-être m'auraient-ils écoutée sans sourire.

Bella, heureusement, enchaîne à voix basse comme si elle avait peur qu'on l'entende :

– Le collège… c'est bien… mais les autres… sont méchants.

Elle porte la main sur son cœur. Je la devine très émue.

– Ah le maître et ses disciples ! s'exclame Victor. Ils essaient de nous intimider mais ce n'est pas si grave, ils sont seulement obsédés par leur look, ça leur passera. Et nous trois on est pris pour des débiles parce qu'on n'est pas comme eux. Au début ça m'a blessé aussi, maintenant ça m'est égal. Ils n'ont qu'à penser ce qu'ils veulent de moi, je m'en fiche. Et puis j'ai mon piano, mes bouquins, ma vie… Ça m'intéresse suffisamment pour que je ne perde pas mon temps à ruminer leurs piques.

– Avec moi, articule Bella péniblement, ils disent des mots pas gentils… que je suis une nouille blonde… trop grande… et – elle désigne son pantalon et ses chaussures – ils trouvent mes vêtements moches…

– Ils sont bêtes, la coupe Alexandre péremptoire, et jaloux. Ne les écoute pas et surtout ne réponds pas, à force ils t'oublieront…

Bella soupire. Je crois qu'au fond elle voudrait que tout le monde l'aime.

Mais comment Johan et sa bande ne se sont-ils pas aperçus que malgré la banalité de ses vêtements cette fille est tout simplement divine ? Je demande à Victor :

– Pourquoi est-ce que tu ne dis à personne que tu joues du piano ?

– Ça ne les intéresserait pas ! La musique classique pour eux, c'est dépassé ! Ils n'apprécient que le rap ou la techno, ils trouvent que ça fait plus mec. Le piano, comme la danse, c'est pour les filles... mais assez parlé de moi ! Tu n'as pas répondu à ma question, Ophélie.

Je n'ai pas besoin de réfléchir : ma passion, je la connais bien ! Imaginer et dessiner des modèles, des accessoires, palper les tissus, les matières, tout cela pour devenir styliste plus tard. J'ai toujours gardé cette passion secrète par peur des critiques mais là, tout à coup, sous le regard de Victor, je me sens en confiance et je prononce sans hésiter :

– J'adore dessiner...

– Bravo, Ophélie !

Sa voix a un accent de triomphe. Il a l'air d'aimer ma passion du dessin. Mais si j'ajoute que je dessine des vêtements, ne va-t-il pas me trouver futile ?

Pourtant, je continue :

– ... Dessiner des vêtements...

– C'est super !

Il a l'air sérieux. Bella et Alexandre me contemplent avec des yeux brillants. Encouragée, je poursuis :

– Un jour, bientôt, je vous montrerai mes crayonnés. Pour l'instant, ce n'est pas encore assez bon, mais je travaille.

On sirote nos verres, assis sur le lit de Victor. Je me sens bien. On discute de musique, Victor est intarissable, et j'apprends enfin qui est ce Diabelli qu'il aime tant. Il a été l'auteur d'une célèbre valse qui inspira Beethoven. Il a beaucoup composé, des pièces pour théâtre, des sonates pour piano, de la musique religieuse...

Puis Bella évoque la Roumanie qu'elle a quittée voici quelques mois.

– En France on est bien, dit-elle, mieux que là-bas...

On devine à mi-mots que là-bas, elle vivait pauvrement. Elle nous raconte qu'ils ont obtenu un appartement dans les nouveaux immeubles HLM où elle dispose d'une chambre qu'elle ne partage qu'avec sa petite sœur. Pour elle, c'est le grand luxe !

Alexandre la couve d'un regard attendri. Moi aussi je me sens toute remuée. Dire que je me plaignais d'être pauvre !

– Et toi, demande soudain Alexandre en fixant Bella, quelle est ta passion ?

Elle secoue la tête d'un air désolé.

– Je ne sais pas, fait-elle d'un ton piteux.

– C'est pas grave, assure Alex, moi non plus je n'en ai pas ! Ou alors je ne l'ai pas encore trouvée !

Malheureusement l'heure avance, et Bella se lève :

– Je dois rentrer…

Je la suis. On fera le chemin ensemble.

Sur le perron, Victor me glisse à l'oreille :

– Merci d'être venue. Je suis sûr que je vais adorer le bouquin que tu m'as offert ! Quand je l'aurai lu, je te le passerai.

Il se tourne vers Bella et dit à voix haute :

– À lundi, au collège ! Et ne te laisse pas impressionner par la bande de Johan, ils sont plus stupides que méchants !

Soudain, je me rappelle :

– Lundi, on va au musée d'Orsay. Moi, je n'y suis jamais allée, mais ma mère prétend que c'est le plus beau musée de Paris. J'espère que Johan ne gâchera pas la sortie ! La prof a prévenu qu'à la moindre incartade on réintégrerait l'autocar.

Bella murmure :

– En Roumanie on aime beaucoup Vincent Van Gogh. J'ai impatience de voir ses tableaux.

Alexandre la reprend gentiment :
– On dit je suis impatiente, Bella, je suis, pas j'ai…
Il lui sourit, et je parie n'importe quoi qu'il se passe quelque chose entre ces deux-là.
On rentre. Sur le trottoir, on continue à bavarder, Bella et moi. Je n'ose pas lui parler d'Alexandre, mais c'est elle qui commente, simplement :
– Alexandre, il est sympa, j'aime bien.
Elle ajoute :
– Victor, il est génial. Il sera grand musicien.
Là, j'approuve !
J'ai hâte d'être à lundi, pour le revoir.
J'ai hâte aussi d'être assise devant mon carnet de croquis. J'ai une image qui me trotte dans la tête, il faut absolument que je la dessine.

Mais qui est vraiment Johan ?

Quand j'arrive dans la cour du collège, Johan est déjà en pleine discussion avec ses disciples préférés. Je distingue Luciane et Justine ainsi que Delphine et Marion.

Il aime épater les filles. Je me demande ce qu'elles lui trouvent. Luciane prétend qu'il est mignon avec ses yeux vert d'eau et son teint mat. Et elle bée d'admiration devant ses exploits sportifs. C'est toujours lui qui arrive premier aux courses d'orientation.

À peine arrivée à leur niveau, j'entends :

– De la peinture, de la sculpture, des meubles… L'horreur ! Enfin, au moins on sort de ce foutu collège, c'est toujours ça de gagné !

– Tu dis sans arrêt que tu détestes le collège, mais je te signale que c'est toi le meilleur en maths, même si tu caches tes bonnes notes pour que personne ne le sache !

J'ai l'impression de le voir rougir sous son bonnet Ramsès qu'il n'enlève qu'en cours.

J'ajoute, en forme (je crois que mon samedi chez Victor me donne tous les courages) :

– En plus, moi les musées, j'adore. Mes parents m'ont emmenée plusieurs fois à des expos à Beaubourg, ainsi qu'au Louvre, et je ne m'en lasse pas.

Qu'ai-je dit ? Les représailles ne vont pas tarder à pleuvoir. Mais c'est bizarre, je ne tremble plus.

– Ma pauvre Ophélie, on te laisse tes vieilleries ringardes !

Johan se hâte de passer à un autre sujet. Serait-il en manque de réflexions vaches ? Son inspiration tournerait-elle court ?

Je suis contente d'avoir osé lui dire ce que je pense.

– Moi, déclare Luciane d'une drôle de voix – on s'est écartées du groupe toutes les deux –, personne ne m'emmène dans les musées. Ma mère n'y a jamais mis les pieds, ou alors pas depuis des années, et mon père est trop pris par son travail, alors il préfère me donner un billet de temps en temps pour que je m'offre un petit truc sympa chez Lolablue... Tu as de la chance, conclut-elle.

Je n'y avais jamais pensé. J'ai toujours trouvé naturel d'aller avec ma mère, quand j'étais petite, à la médiathèque, à la librairie et, le samedi ou le dimanche, voir des expositions de peinture. Ma mère ne dessine pas, ne peint pas – du moins je le crois –, mais elle est sensible à la beauté. D'ailleurs hier soir au dîner elle a brusquement annoncé qu'elle songeait à changer la déco de l'appartement ainsi qu'à renouveler le mobilier et elle m'a proposé de l'aider.

– Ça nous donnera l'occasion de sortir ensemble, a-t-elle dit, et moi les meubles ça me plaît plus que les vêtements.

On s'installe dans le bus. Je me retrouve à côté de Bella, Luciane ayant préféré la compagnie de Justine.

Après un voyage d'une heure, nous arrivons sur le quai d'Orsay, au bord de la Seine. Au passage, la prof d'histoire nous a désigné un gros bâtiment ancien surmonté du drapeau tricolore, l'Assemblée nationale. On a eu droit à un petit exposé sur les députés et leur rôle.

Notre troupeau passe les portillons de sécurité, et entre dans l'ancienne gare d'Orsay devenue musée. Bella ne peut retenir un cri de surprise.

– C'est beau, murmure-t-elle.

Si Johan et sa bande l'avaient entendue, elle passerait pour une ringarde ! Pourtant elle a raison d'être éblouie, l'entrée est majestueuse. Ce grand hall peuplé de statues, c'est spectaculaire ! Mais je doute que Johan soit sensible à la beauté !

D'ailleurs au lieu d'admirer il est déjà en train de grimper les escaliers, suivi de ses disciples. Les profs vont être obligées de le rappeler à l'ordre et, s'il n'obtempère pas, la visite sera annulée.

Nous voici dans la première salle des peintres impressionnistes. On est passés devant plusieurs toiles de Degas représentant des danseuses, légères dans leurs tutus, puis devant un tableau où une femme se pomponne devant son miroir. Je me penche pour lire le titre : *Femme à sa toilette*, Berthe Morisot. Celui-là me plaît particulièrement. J'aime le déshabillé vaporeux qu'elle porte. Je suppose que c'est de la soie. J'aimerais bien l'admirer plus longtemps, mais déjà le groupe s'ébranle et on se retrouve devant les portraits d'Auguste Renoir. Les remarques fusent immédiatement :

– Oh regarde cette grosse ! Elle aurait pu faire un régime avant de poser !

La prof d'arts plastiques Mme Brunet, qui a entendu la remarque de Johan, explique :

– Oui, les femmes de Renoir sont opulentes. La mode, à cette époque, était aux formes rondes, aux corps bien en chair. Maintenant, c'est le contraire. Peut-être que dans cinq ou dix ans les femmes auront de nouveau droit à plus d'ampleur. Tout est question de mode, et rien ne se démode plus vite que la mode. Aussi ce qui peut vous paraître surprenant aujourd'hui, ces chairs roses et douces, ces robes pastel, ces formes rondes, étaient très prisées au XIXe siècle. Maintenant, la mode serait plutôt aux silhouettes filiformes que l'on impose aux top models, parfois au détriment de leur santé !

Johan est posté devant le tableau. Il ne dit plus rien. Les profs auraient-elles réussi à lui faire comprendre qu'il n'y a pas que des bonnets Ramsès dans la vie ?

– N'empêche, c'est moche ! dit Delphine.

Je m'attends à ce que Johan renchérisse, mais il persiste dans son silence.

La prof d'arts plastiques ne se laisse pas démonter, elle répond patiemment :

– La beauté est une question de mode. Et de regard personnel. Chaque personne réagit selon sa sensibilité et selon les habitudes de son époque. Bref on croit beau ce que la majorité trouve beau, on suit l'avis du plus grand nombre. D'ailleurs, dans notre société, la publicité uniformise les goûts. On obéit comme des moutons au lieu de chercher ce qu'on aime vraiment.

Cette prof a mille fois raison. Plus tard, je créerai des vêtements dans des matières nobles, douces au toucher et agréables à porter. Des tissus sains et naturels comme la soie, le lin, le cachemire, le mohair, ou peut-être même la fourrure... Tous les défenseurs des animaux vont me haïr, n'empêche j'aime bien regarder dans les vitrines des fourreurs et dans les magazines les beaux manteaux de renard argenté et de vison, les toques de zibeline. Évidemment il faut sacrifier des bêtes, mais la fourrure ça doit être si agréable sur la peau !

On traverse les salles et Johan est toujours muet. Du coup ses disciples se taisent, eux aussi. Avec un peu de chance, la visite se passera sans problèmes.

On se regroupe devant *Le Déjeuner sur l'herbe* d'Édouard Manet. J'entends des ricanements. Je glisse un œil sur Johan, il est impassible. Que lui arrive-t-il ?

La prof d'arts plastiques nous apprend l'histoire de cette toile.

– Ce déjeuner a provoqué un vrai scandale ! Une femme au sortir du bain étendue parmi des hommes habillés de pied en cap... Le public n'a voulu voir qu'elle. On a même prétendu que ça ne s'était jamais vu alors qu'au musée du Louvre on trouvait à l'époque au moins une cinquantaine de tableaux où les personnages habillés et les personnages nus étaient mêlés ! On a voulu prêter à Manet une intention obscène, mais son ami l'écrivain Émile Zola l'a défendu en disant qu'il s'agissait de son plus grand tableau ! Il a peut-être été un des rares à comprendre que, pour Manet, l'essentiel n'était pas dans cette femme nue, mais que tout dans le tableau était essentiel : le paysage avec ses vigueurs et ses finesses, la chair ferme modelée à grands pans de lumière, ces étoffes souples et fortes...

On admire la toile. Les ricanements se sont tus.

Au moment de quitter le musée, les profs nous comptent et notent l'absence de Johan. On nous charge, Delphine et moi, de le retrouver. Nous montons à l'étage des Impressionnistes en râlant. La disparition de Johan ne m'étonne pas, il faut toujours qu'il se fasse remarquer. Je me demande ce qu'il a encore inventé. Si ça se trouve il est déjà installé dans le car en train de grignoter allégrement des barres chocolatées en riant de la blague qu'il nous a faite.

Je me fraie un passage entre les touristes qui admirent Monet, Sisley ou Pissaro.

Pas trace de Johan.

Je recommande à Delphine :

– Reste à l'étage, je vais voir ailleurs.

Je traverse des salles un peu au hasard, en pestant en douce. Si je le retrouve, je lui dis ce que je pense de son attitude.

Soudain, je l'aperçois, les yeux levés vers un tableau. Il a l'air subjugué. Rien à voir avec le Johan habituel. Je m'approche sans bruit et contemple la toile. C'est vrai que la scène est captivante : des garçons sont attroupés autour de celui qui semble bien être le chef de la bande, le meneur. D'ailleurs, le tableau s'appelle *The Meeting* et son auteur est une femme dont je peine à déchiffrer le nom : Marie Bashkirtseff.

Ces garçons écoutent leur chef comme s'il était un gourou. Ça me rappelle quelqu'un ! Finalement, même s'ils ne sont pas habillés comme nous, ils nous ressemblent.

J'hésite un instant avant de déranger Johan dans sa contemplation. Il sursaute quand je pose ma main sur son bras.

– Ah c'est toi ! Tu as vu ? Ça a l'air vrai, tu ne trouves pas ?

– Vrai ? Qu'est-ce que tu veux dire ?

– Ben, on croirait une photo ! Le peintre s'est vraiment inspiré de la réalité. Son œil a vu la scène, comme à travers un objectif.

Je le contemple, perplexe.

– La photo et la peinture, ce sont deux choses différentes, non ?

– Pas tellement, c'est toujours une histoire de regard.

Là, il m'intrigue réellement. Où est le Johan désagréable du collège ? Y aurait-il deux Johan ?

Soudain, il s'ébroue et lance :

– Bon, assez tchatché pour ne rien dire ! On rentre ? Je suppose que je vais me faire attraper par les profs.

– Ça, c'est sûr !

– Ophélie, je vais vite te montrer mon second tableau préféré, on est passés devant tout à l'heure, mais les profs n'ont pas daigné s'arrêter... de toute façon, ils m'engueuleront, alors quelques minutes de retard de plus ne changeront rien.

Je le suis.

On arrive face à une grande toile qui représente trois hommes torse nu agenouillés sur un plancher qu'ils sont en train de raboter. D'ailleurs, la toile s'intitule : *Les Raboteurs de parquet*, de Gustave Caillebotte.

– Regarde, Ophélie, la lumière qui éclaire le sol ! Le peintre s'est directement inspiré de la réalité, il a vu ces hommes par terre, on dirait une photo... Il les a vus, Ophélie, et il a exprimé ce qu'il voyait.

Sa voix est si passionnée que je lève la tête. Décidément, je découvre un Johan nouveau, un Johan qui ne songe pas à se moquer, un Johan sensible.

On est ensemble, silencieux devant la toile, quand brusquement Delphine surgit et s'écrie :

– Je vous cherche depuis une heure ! Vous trafiquez quoi ? demande-t-elle en fixant *Les Raboteurs*.

Johan hausse les épaules et grimace. Delphine reprend :

– Qu'est-ce que vous avez à regarder ce tableau ? Berk, c'est moche, cette pièce vide, ces hommes qui bossent...

Johan va-t-il défendre son second tableau préféré ? J'attends sa réaction qui tarde à venir. Soudain, il se détourne, et lance :

– Ce n'est pas vous qui allez vous faire engueuler par les profs ! Alors, si ça vous amuse de rester là, moi je file !

On marche derrière lui, Delphine et moi, quand je remarque un détail.

– Tu as perdu ton cher Ramsès ?

Johan continue à avancer sans répondre. J'insiste :

– Si tu l'as perdu dans le musée, on peut t'aider à le retrouver. On n'est plus à cinq minutes près !

– Pas la peine ! On me l'a volé. Ce matin, je l'ai posé trois secondes sur une chaise au collège, juste avant qu'on parte, et quand j'ai voulu le reprendre il avait disparu !

Je retiens le sourire narquois que je sens naître sur mes lèvres : son bien-aimé Ramsès dont il est si fier et qui ne quitte jamais son crâne ! Je ne résiste pas au plaisir de lui dire :

– C'est le risque avec les marques. Et encore, tu as eu de la chance, on ne t'a pas racketté pour te le prendre !

Il me regarde curieusement, mais ne réplique pas. D'ailleurs on est arrivés dans le hall du musée et les profs nous fixent d'un air mécontent.

Dans l'autocar, je m'assieds à côté de Luciane qui fouille dans son sac à dos et en extirpe quelques échantillons de parfum qu'elle se hâte de me faire tester.

– Je les ai eus chez Sephora samedi. La responsable du magasin me connaît maintenant, elle me donne toujours les nouveautés... Tiens, sens celui-là, il est sublime !

Elle vaporise mon poignet et je suis priée de lui donner mon avis.

– Tu l'appellerais comment ? me demande-t-elle avec curiosité.

J'hésite, je ne connais pas ces fragrances et je n'ai pas vu le flacon qui contenait le parfum. Mais il me fait penser à mon dernier croquis où une femme en robe de bal, en faille de soie rose gansée de microperles neige, avec décolleté, et un homme en smoking blanc se tiennent par la main.

– *Love*, je réponds, je l'appellerais *Love*.

Elle rit :

– Tu n'y es pas du tout ! C'est le dernier parfum de Calvin Klein qui l'a intitulé *K*. Si tu voyais le flacon, tu tomberais à genoux ! Il a été taillé dans de l'améthyste brute et le bouchon est biseauté façon Belle Époque ! Tu ne trouves pas que ces senteurs de patchouli et violette de Parme, avec une nuance d'ambre, donnent envie de danser ?

Je repense à mon couple et je souris.

Devant moi, de l'autre côté de la travée, j'aperçois Bella et Victor en grande discussion. Sans doute parlent-ils de ce qu'ils ont vu au musée. Pendant toute la visite, j'ai l'impression qu'ils se sont tenus à l'écart, en tout cas loin de moi. Ou alors je me fais des idées.

– Et puis tu sais, j'ai remarqué que cet automne la mode revenait aux peaux pâles. Le bronzage c'est fini ! Mme Bally, la responsable de Sephora, m'a expliqué que depuis l'Antiquité les femmes cherchent à garder une peau claire. Puis, elles ont voulu se faire dorer sur les plages, et maintenant que les dermatologues n'arrêtent pas de parler des méfaits du soleil, on fait marche arrière. On veut une peau claire, sans taches. Comme moi, ajoute-t-elle, avec mon teint de rousse sans taches de rousseur, j'ai eu de la chance !

Je pense aux miennes, de taches de rousseur sur les pommettes, que les premiers rayons du printemps font ressortir chaque année et je me dis que décidément il est difficile d'être à la mode. Surtout quand elle change si vite !

– L'année prochaine, sur la plage, reprend Luciane, je me tartinerai d'écran total haute protection !

J'éclate de rire :

– L'été prochain, ce sera peut-être de nouveau tendance peau bronzée !

– C'est vrai, reconnaît-elle, en tout cas, moi je connaîtrai les nouvelles tendances, c'est un avantage que d'être la copine d'une responsable en cosmétiques. Et j'adore ça, je passerais ma vie chez Sephora ! À la place du musée, j'aurais préféré que les profs nous emmènent visiter une parfumerie ou un laboratoire où l'on fabrique les parfums.

Je ne l'écoute plus. Je suis en train d'observer Bella et Victor qui rient.

Face à Bella, si blonde, si longue, si belle, je n'ai aucune chance.

Photo, velours et brocarts...

Dans la cour du collège, Justine distribue ses invitations – elle avait prévu de les expédier par la poste, mais finalement elle préfère nous les remettre en mains propres – et c'est l'horreur. L'horreur absolue.

D'abord la date : la soirée a été avancée, Justine a opté pour un mardi soir « le samedi nous a-t-elle dit, je pars en week-end, alors je n'ai pas le choix. » Ce qui me donne sept jours – on est mardi – pour trouver une solution.

Et puis l'intitulé de l'invitation me frappe à peine ai-je déplié la feuille bleue :

À vos marques !

C'est la fête : soyez mode ! Soyez chic !
Venez tous dans votre tenue préférée afin de participer à l'élection du plus fun de la soirée !
Un prix sera décerné au gagnant et à la gagnante ! (C'est une surprise.)

Il n'y a que Justine pour avoir une idée pareille ! Une élection ! Un concours ! Et pourquoi pas un procès ? J'entends déjà les ricanements lorsqu'ils me verront entrer dans une de mes tenues de supermarché ! Aucune chance que je sois la plus fun ! La plus ridicule, oui !

Justine guette ma réaction.

– Alors ça te plaît ? Tu viendras ? Tu fais une de ces têtes, on dirait que je t'ai donné un billet pour l'enfer !

C'est un peu ça, mais je me mords les lèvres.

Elle insiste :

– Il me faut ta réponse tout de suite, tu viendras ou non ?

– Je viendrai, je réponds en essayant de prendre un air naturel, pourquoi je ne viendrais pas ?

Elle a un drôle de sourire pour lancer :

– Ben, t'aurais pu avoir peur de l'élection !

– Pas du tout ! Qu'est-ce que tu vas chercher ! Je ne vois pas pourquoi j'aurais peur !

Évidemment, j'ai peur. Heureusement elle n'insiste pas, trop pressée de rejoindre Johan et les autres.

Luciane s'approche de moi, son invitation à la main.

– Je me demande ce que je vais offrir à Justine, on ne peut pas venir les mains vides surtout qu'elle s'occupe de tout, des boissons, des salés, de la sono. Je me dis qu'un petit truc de chez Lolablue lui ferait plaisir, une ceinture, une écharpe. Justement il y a eu un nouvel arrivage samedi...

De pire en pire. Non seulement je n'ai rien à me mettre sur le dos, mais en plus il faudra que je me ruine pour lui acheter une de ces babioles dont elle raffole et que mes finances ne me permettent pas de m'offrir. Je reçois une somme mensuelle d'argent de poche qui suffit à peine à l'achat de mes carnets, de mes crayons et de mes magazines ! (Et encore je suis obligée de piocher dans l'argent que m'envoie ma marraine.)

L'idée de sacrifier une partie de cet argent pour offrir un cadeau à Justine ne m'enchante pas. Et si j'arrive avec un livre, un CD ou un poster, je me couvrirai de ridicule. Et mon père a beau affirmer que le ridicule ne tue pas, il n'a jamais fréquenté la bande de Johan et de Justine, sinon il changerait d'avis. Rien que d'imaginer leurs airs ironiques, j'en tremble.

La cloche sonne, je suis presque soulagée. Je profiterai du cours de SVT pour griffonner la tenue de mes rêves.

Celle que je ne peux pas m'offrir.

Le rêve, il ne me reste que le rêve. Et mes crayons. Ça, c'est divin.

Sauf que si je me fais surprendre par la prof, je vais avoir droit à des remarques acerbes.

Mais les doigts me démangent trop, et j'ai encore la tête pleine des magnifiques tableaux du musée d'Orsay, alors je vais courir le risque, c'est décidé. Une passion, ça donne tous les courages.

Dans le hall, je rencontre Bella, qui tient une feuille à la main. Je reconnais le papier bleu de Justine !

Je n'en crois pas mes yeux.

Justine a pensé à Bella ? Je n'y comprends plus rien.

Elle aussi a l'air tout abasourdie. Elle sourit timidement.

– Tu y vas ?

– Oui, j'ai promis.

– Moi aussi, répond-elle, mais…

Elle n'ajoute rien. Je devine son embarras. Je le partage.

– T'en fais pas, lui dis-je, on va trouver une solution !

Elle me regarde d'un œil brillant, plein d'espoir. Et moi qui n'ai pas le début d'une idée !

En sortant du collège, je croise Victor qui me demande :

– Alors, Ophélie, quand est-ce que tu me montres tes croquis ? Tu sais que j'ai drôlement envie de les voir.

– C'est pas encore au point ! je balbutie.

– Moi non plus je ne suis pas prêt et pourtant je vous ai fait écouter ma sonate de Diabelli ! On dirait que tu as peur, Ophélie... peur de quoi ? Que je me moque de toi ?

Il s'est arrêté sur le trottoir et me dévisage d'un air sérieux. Jamais il n'a été aussi beau que ce soir, sous la lumière d'automne.

– Je ne pourrais pas me moquer de toi, reprend-il devant mon silence, et puis je suis sûr que tu as du talent.

– Comment peux-tu dire ça ? Tu n'as rien vu !

– Non, mais quand tu as parlé de tes dessins, samedi dernier dans ma chambre, j'ai compris que c'était aussi important pour toi que la musique pour moi. Je l'ai senti très fort, c'était comme si une onde passait entre nous deux, j'avais complètement oublié que Bella et Alexandre étaient là. Tiens, propose-t-il en se remettant à marcher, il y a une expo à l'hôtel de ville, si on allait y jeter un œil ?

Je ne demande pas de quelle expo il s'agit, je m'en moque, l'essentiel est de rester un moment avec lui. Sans les autres. Et surtout sans Bella qui a été obligée de rentrer chez elle dès la fin des cours pour s'occuper de sa petite sœur.

Sur la façade de l'hôtel de ville, une grande banderole indique : « La beauté selon Jim Nelson ».

– Oh des photos, grimace Victor, ce n'est pas ce que je préfère…

Je l'encourage :

– Moi, j'aime bien, je m'en inspire beaucoup… j'ai des tonnes de magazines de mode chez moi.

On pénètre dans la salle et la première personne que j'aperçois, scotchée devant une photo, c'est Johan !

Victor s'exclame :

– Tiens, je ne m'attendais pas à le trouver ici !

– Moi ça ne m'étonne pas tant que ça ! Johan a plusieurs facettes et on ne les connaît pas toutes.

– Il est peut-être moins borné que je le croyais, murmure Victor en se dirigeant vers Johan.

Ce dernier sursaute en nous apercevant.

– C'est cool, non ? demande-t-il en désignant les tirages accrochés sur les murs.

– Tu aimes la photo, toi ? demande Victor, surpris.

– Ouais, répond Johan à voix basse. En fait quand mon père est mort l'année dernière j'ai récupéré son Leica et je me suis mis à faire des photos. De tout, des objets, des paysages, des gens… mais je n'en parle pas, ça ne regarde personne.

Il nous fixe, soudain inquiet :

– Vous ne raconterez pas que vous m'avez rencontré ici ?

Je m'exclame :

– Toi, tu as un Leica ! Tu as de la chance !

Il se dandine sur place, puis soudain il désigne la photo derrière lui :

– Nelson c'est un amoureux de la beauté, et surtout des femmes… vous ne trouvez pas cette fille sublime ?

On trouve.

– Elle est romantique, je reprends, un peu nue mais romantique… moi, je la verrais bien habillée de soie crème, de la couleur de sa peau, le tissu se confondrait avec sa chair, ce serait encore plus mystérieux…

– Toi et les fringues, rigole Johan, tu ne penses qu'à ça !

– Tu peux parler, rétorque Victor, avec ton bonnet Ramsès ! Tiens, au fait, tu ne le portes plus ! Tu es mieux sans !

Johan se contente de sourire. Puis il nous entraîne de photo en photo en commentant chacune. Il nous raconte que les photos de Nelson ont été publiées dans des magazines comme *Realitis*, *Photo*... Ses séries évanescentes de jeunes filles ont fait le tour du monde. Il a aussi réalisé des films et est devenu un des maîtres du nu artistique.

– Il a choqué à son époque, affirme Johan, mais le propre de l'art c'est de choquer, non ?

Victor me jette un coup d'œil étonné. Je renchéris.

– Oui, en haute couture aussi, les créateurs sont souvent critiqués pour leurs excès quand ils utilisent de nouvelles matières, inventent des formes originales. Et puis les gens s'habituent et parfois ils finissent par aimer !

– La preuve, c'est qu'aujourd'hui *Le Déjeuner sur l'herbe* de Manet figure parmi les prestigieuses collections du musée d'Orsay ! conclut Victor. Et si on allait boire un pot ? Toutes ces photos, ça donne soif !

Mais Johan grimace :

– Je n'ai pas le temps ! Il faut que je file, j'ai un rencard important ! Allez, à plus !

Il s'empresse de s'éloigner.

– Il est vraiment étrange, déclare Victor une fois dans la rue, il est tout autre dès qu'il est seul, séparé de sa bande. Et tout à coup on dirait qu'il regrette d'être lui-même. On va le boire tous les deux, ce pot ? Je t'invite !

Quand je rentre chez moi, ma mère a l'air si détendue, j'en profite pour attaquer :

– J'ai reçu l'invitation de Justine, c'est pour mardi prochain, et je ne peux pas y aller les mains vides.

– Achète-lui un livre, c'est une valeur sûre, ça fait toujours plaisir !

– Eh bien, justement non, tu te trompes ! Elle ne lit pas.

– Elle s'intéresse à quoi alors ?

Pour ma mère, il n'y a que les livres dans la vie... Elle aurait vraiment dû devenir bibliothécaire !

– Je ne sais pas moi ! Aux vêtements de chez Lolablue par exemple !

– C'est un peu restreint, comme passion, déclare ma mère, elle doit bien avoir un autre centre d'intérêt...

Je réfléchis.

– Je crois qu'elle veut se lancer dans la vente. Elle adore faire du troc, acheter et revendre ses vêtements c'est son passe-temps préféré. Elle arrive même à faire des affaires… Johan dit qu'elle est super douée, mais bon ça n'a pas de rapport avec le cadeau.

– Tu n'as qu'à lui prendre un petit accessoire, je te donne dix euros.

– Dix euros ! Qu'est-ce que tu veux que je trouve chez Lolablue avec dix euros ?

– Alors, rabats-toi sur des magasins moins chers !

Inutile d'argumenter.

Je réintègre ma chambre, le cœur lourd. Je n'ai même pas faim, et je crois que je me passerai de dîner ce soir.

À la place, je préfère aller dire bonjour à Juliette. Elle saura me consoler.

Juliette m'ouvre la porte avec un sourire. Je remarque sa jolie jupe ample façon gitane, en coton multicolore rehaussé de paillettes dorées.

Elle porte un pull moulant en soie qui reprend les motifs orange de la jupe. C'est plein de charme.

On s'embrasse, et on s'installe face à face dans son salon. Elle se rend compte tout de suite que quelque chose me tracasse.

– Je vois, dit-elle quand j'ai fini de lui raconter mes problèmes. Tu n'as rien à porter pour te rendre à cette fête. Alors tu viens voir Juliette en espérant qu'elle te transformera en princesse avec sa baguette magique comme la marraine de Cendrillon qui a pu ainsi séduire le beau prince ! C'est qui, ton prince à toi ?

Je crois bien que je rougis. Je lance :

– Je n'ai pas de prince. D'ailleurs j'y crois pas, aux princes charmants, et puis il n'est même pas invité à la fête... ou alors il ne me l'a pas dit !

Elle rit, d'un adorable rire en cascade.

– Taratata ! Je suis sûre que s'il sait que tu es invitée il se débrouillera pour venir.

Je veux bien la croire.

– Ophélie, dis-moi, quand on n'a pas d'argent pour acheter ce dont on a envie, qu'est-ce qu'on fait ?

Je secoue la tête :

– On renonce !

– Quelle drôle d'idée ! Renoncer, c'est un verbe qu'il faudrait rayer du dictionnaire, ou alors il faudrait ajouter : verbe dangereux, à utiliser avec modération.

Je ne peux m'empêcher de sourire. Sa bonne humeur, son optimisme, la joie de vivre qui émane d'elle me font un bien fou.

– Donc, tu ne renonces pas, Ophélie, tu cherches une solution, et comme tu es une fille intelligente tu la trouveras. Si on allait jeter un coup d'œil au coffre à trésors ?

Je me lève, je n'attendais que ça. J'adore manipuler les tissus, caresser la soie, poser ma joue sur le velours, sentir sous mes doigts les variations du tweed.

Juliette pousse la porte de sa chambre et aussitôt je me sens chez moi. Sur les murs sont punaisées des photos des défilés les plus prestigieux, avec des top models internationales comme mes deux mannequins préférés, la blonde Natalia Vodianova et la brune Marija Vujovic, et d'autres encore, Kate Moss, Naomi Campbell... On voit aussi Yves Saint Laurent en compagnie de Catherine Deneuve, et Karl Lagerfeld avec une actrice américaine. Tous les grands noms de la mode figurent dans cette chambre ! À chaque fois, j'en suis saisie.

Juliette ouvre le coffre et je me penche pour respirer les odeurs de tissu qui s'en dégagent. Il y a là tout ce dont on peut rêver. Les filles de ma classe seraient bien étonnées si elles me voyaient fouiller là-dedans mais moi, quand je vois des étoffes, j'imagine tout de suite les robes divines, les pantalons, les jupes et tout ce qu'on peut en faire.

– Regarde cette pièce de satin, comme elle est brillante ! C'est un satin de 5, ce qui signifie que sur une série de cinq fils un seul est lié. C'est ce qui lui donne cet aspect lumineux. J'adore les satins, surtout celui-là qui s'appelle satin princesse.

J'effleure l'étoffe qui est particulièrement douce sous mes doigts.

– C'est très important, Ophélie, de bien connaître les tissus. Même si tu ne m'en parles pas beaucoup, je connais ta passion pour la mode et...

Juliette se tait, me contemple avec un sourire. Aurait-elle deviné que je passe mon temps à dessiner des modèles ? Mille fois j'ai voulu descendre pour lui montrer mes croquis, mais je n'ai jamais osé. J'ai tellement peur de son jugement de professionnelle !

Elle sort des pièces une à une : velours frisé, bouclé, ou peluche, différentes sortes de taffetas, du crêpe qui est une variété de taffetas tout comme la popeline et la gaze.

– J'aime ce damas, m'explique-t-elle. Comme tu peux le constater le fond est en satin brillant avec un dessin mat. Celui-là par contre, dit-elle en extirpant une autre pièce du coffre, c'est un damas deux faces : il comporte deux chaînes de satin, dessus ou dessous. Si d'un côté le fond est cramoisi le dessin sera blanc, et si le dessin est cramoisi le fond sera...

– Blanc !

– Tu es une bonne élève, Ophélie !

On rit.

Je palpe aussi les brocarts. Je sais que toutes les étoffes dont le tissage met en œuvre des fils d'or et d'argent portent le nom de brocarts. Et puis on sort de simples cotonnades indiennes, de la soie...

– La soie, c'est ce que je préfère !

– Tu as bon goût, Ophélie ! C'est vrai que la soie présente beaucoup de qualités, d'abord elle est quasiment infroissable, surtout quand elle est pure, et elle est très élastique, comme une seconde peau... Tu sais, le tissu c'est très important, on naît nu, mais dès la naissance on enveloppe le bébé dans le tissu qui remplace la peau maternelle. Plus il est douillet, mieux ça vaut ! Même quand on grandit, on continue à avoir besoin de matières souples, qui font du bien non seulement à l'œil mais aussi au corps. Il est plus agréable de porter du cachemire que de la laine mal peignée qui pique !

Je suis bien de son avis.

Elle me parle encore de son métier, et je l'écoute sans en perdre un mot, moi qui en classe ai tant de mal à me concentrer !

Puis je remonte à la maison, contente, comme chaque fois que j'ai passé un moment avec Juliette.

Un jour, je lui dirai, pour mes croquis. Un jour...

Pour l'instant, je dessine.

Et ce soir, je peine. Je veux que la lourdeur de la veste en tweed soit montrée par la manière dont la manche pend sur la main de mon modèle, en opposition avec la légèreté de la soie passée autour de son cou. La jupe de velours forme un dessin complexe, tout en lignes brisées.

Et si je descendais chez Juliette pour le lui montrer ? Mais en consultant ma montre je me rends compte qu'il est déjà vingt-trois heures ! D'ailleurs, ma mère, derrière la porte, chuchote :

– Ophélie, j'aimerais que tu dormes maintenant ! Demain tu vas en classe !

Je n'ai plus qu'à ranger mon carnet de croquis et à me coucher en me demandant pour la énième fois comment je m'habillerai pour me rendre à la soirée de Justine.

Made by Ophélie

Je reviens du collège, complètement abattue. D'abord, ce matin, j'ai vu arriver Bella et Victor pratiquement la main dans la main, si absorbés par leur conversation qu'ils ont sursauté lorsque je leur ai fait signe ! Je crois qu'elle a oublié Alexandre qui sans doute ne lui a pas donné signe de vie.

Du coup, j'ai passé un mercredi matin épouvantable, et Luciane a cru me distraire en me proposant une sortie en ville cet après-midi.

– J'en profiterai pour me trouver une autre tenue, a-t-elle dit.

– Mais tu en as déjà acheté une la semaine dernière, quand tu as su que Justine donnait une soirée !

– Oui, mais je l'ai refilée à ma sœur, finalement elle ne me plaisait pas trop... Et puis mon père part aux States pendant quinze jours et, comme chaque fois qu'il s'absente, il me donne de l'argent.

Donc, en attendant Luciane, je dessine... mais bon, l'amitié c'est sacré et j'ai promis à Luciane de l'accompagner. D'ailleurs, la voilà qui sonne.

Au moment de passer à côté du placard de l'entrée, une idée me vient.

Je ne sais pas si elle est bonne, mais j'ouvre le placard, je fouille parmi les affaires de couture de ma mère et fourre l'objet dans ma poche.

J'en tremble.

Sur le pas de la porte, Luciane a l'air en forme.

– Dis donc, Ophélie, tu es toute pâle ! Qu'est-ce que tu as ?

Je tâte dans ma poche le petit objet que je viens d'y glisser. C'est la seule solution que j'ai trouvée pour offrir à Justine un cadeau digne de ses exigences, car avec les dix euros que ma mère m'a donnés je ne peux que me couvrir de ridicule.

Donc, le petit objet me permettra d'arriver à mes fins. Pour m'encourager, je me dis que la fin justifie les moyens et qu'il faut parfois consentir à des actions peu glorieuses pour ne pas perdre la face.

On atteint Lolablue, la boutique préférée des filles du collège. Dans la vitrine les mannequins de cire arborent la dernière collection.

– Je crois que je vais choisir celui-là, déclare Luciane en désignant un pull moulant. Il est trop craquant !

Je me penche pour essayer de comprendre dans quelle matière il est fait. Pas en soie, c'est sûr, ni en mohair, ni même en laine.

– Il est en cent pour cent synthétique, tu n'auras pas très chaud cet hiver ! Il vaut mieux prendre des matières nobles ou au moins des matières mélangées.

– Qu'est-ce que tu es vieux jeu, rigole-t-elle, je crois entendre ta mère ! Je me moque de la matière, l'essentiel c'est le look !

– Ça va ensemble, dis-je. Mais bon, tu fais comme tu le sens ! Et puis, je peux me tromper, ce n'est peut-être pas du cent pour cent synthétique…

– Il y a une solution pour le savoir : on entre !

Maintenant qu'on se trouve à l'intérieur, je n'ai plus qu'à mettre mon plan à exécution. Sans me faire repérer.

Je risque gros : un scandale dans la boutique ou pire ! J'imagine la tête de mes parents s'ils étaient obligés de me récupérer au commissariat.

Anxieuse, je tripote l'instrument dans ma poche et j'avance entre deux portants. Je dois être rapide et efficace, puis je prétexterai un mal de tête pour sortir. Luciane ne se doutera de rien. D'ailleurs elle est déjà en train d'essayer une jupe dans la cabine.

Je regarde les étiquettes pour en dénicher une facile à découdre. Après, j'extirperai ma minuscule paire de ciseaux et j'opérerai... comme un chirurgien. Il ne faut surtout pas que j'abîme le vêtement.

Ensuite, il ne me restera plus qu'à acheter un tee-shirt pas trop cher n'importe où et à y coudre l'étiquette. J'offrirai ce tee-shirt de fausse marque à Justine qui verra un authentique Lolablue. Et si elle a le moindre doute à cause de la texture ou de la coupe, le logo la rassurera. Le logo, c'est la vie, enfin surtout pour la bande à Johan.

La voix de Luciane me surprend alors que je m'apprête à sortir mes ciseaux.

– Qu'en penses-tu ?

Elle virevolte dans une jupe noire en panne de velours. Elle est adorable ! Mais je suis si nerveuse qu'aucun son ne franchit ma bouche. Je me contente d'esquisser une moue. Elle s'impatiente :

– Donne-moi ton avis !

– Bien, parfait, je bredouille, la main crispée dans ma poche.

Déçue par mon manque d'enthousiasme, elle grogne :

– C'est tout ? Je te signale que c'est la plus chère de la boutique !

Elle se rengorge, persuadée qu'elle gagnera le concours, lors de la soirée de Justine, uniquement parce qu'elle a les moyens d'acheter les vêtements les plus chers. Ce n'est pas juste !

Et si je la plantais là ?

Je résiste, Luciane est ma meilleure amie, on ne plante pas une amie comme elle à cause d'une jupe de panne de velours, aussi belle soit-elle ! Et puis je tiens à elle, à nos bavardages, à nos fous rires.

Luciane s'engouffre à nouveau dans la cabine d'essayage avec cinq ou six modèles. Je sors mes ciseaux en jetant autour de moi des regards inquiets.

Bizarrement, j'ai l'impression que ce petit bout de tissu pèse des tonnes et je suis obligée de m'encourager : allons, Ophélie, du nerf, vas-y, ce n'est qu'un mauvais moment à passer. Et il te faut bien un cadeau, tu n'as pas le choix ! Tu ne peux pas arriver avec un paquet de bonbons ou un sweat grande surface !

Je sors de la boutique d'un pas chancelant.

– Qu'est-ce que tu fabriques ? crie Luciane en me rattrapant. Je t'attendais à la caisse et toi pfuit envolée !

– Je ne me sentais pas bien… La chaleur sans doute…

– Tu n'as rien acheté ! Que vas-tu porter pour la soirée de Justine ?

– Je n'y ai pas encore réfléchi.

– Et son cadeau ? Tu as une idée ? Moi je lui ai pris le top prune qui était en vitrine. Elle m'a dit qu'elle l'aimait beaucoup. Il n'était pas donné mais bon on ne peut pas arriver sans rien à cette soirée, hein ?

– Tu… tu as bien fait… je… je lui prendrai sans doute un tee-shirt Lolablue.

– Tu aurais pu l'acheter aujourd'hui !

– J'hésite encore sur le modèle.

– Tu as raison, ils sont super mignons, on a envie de tous les acheter ! On va boire un verre ?

Luciane presse contre elle le sac où est imprimé le logo de la boutique.

– Et si on allait chez Sephora avant de boire un Coca ? J'ai envie de sentir le dernier parfum de Nina Ricci, il est très fruité, on en boirait !

Dans la parfumerie, on hume les différentes tendances de l'automne. Luciane discute avec animation avec la vendeuse qui est à peine plus âgée que nous. Je les écoute et soudain je me dis que je ne suis pas la seule à avoir une passion… Il n'y a qu'à voir les yeux de Luciane briller pour s'en rendre compte.

En sortant du magasin, je lui dis :

– Pourquoi tu ne deviendrais pas « nez » plus tard ? J'ai vu un reportage à la télé, c'est un super métier, tu passerais tes journées à créer de nouveaux parfums !

Elle me contemple gravement :

– Figure-toi que j'y ai déjà pensé. Mais je ne sais pas si je suis assez douée !

Comme il fait beau en ce début d'automne, on s'assied à la terrasse du premier café sur notre chemin et on discute comme on n'a plus discuté depuis longtemps.

– C'est mon rêve, murmure Luciane, de créer de nouveaux parfums… des parfums qui n'existeraient nulle part…

Ça me donne une idée.

Je suis pressée de rentrer.

Mes dessins aussi n'existent nulle part ailleurs que dans mon imagination. Ils ont absolument besoin de moi pour exister.

Je m'attelle à mon bureau.

Je prends mon carnet, et ma main dessine presque automatiquement une silhouette féminine que j'habille d'une jupe ronde imprimée de fleurs graphiques dans une coupe ample version jupon, puis j'attaque le haut…

J'esquisse un bustier à manches carrées mais cette fois-ci en uni noir. Le décolleté en V est bordé d'un volant froncé, j'ajoute des petits plis aux épaules, la taille est smockée, les manches larges. Il faut aussi des accessoires, un petit sac bandoulière jaune canari avec des incrustations de perles noires, des chaussures en verni, je ne sais pas dans quelle matière elles sont fabriquées mais elles brillent...

Ça flashe et, en même temps, c'est très différent de ce qui se trouve chez Lolablue.

Je m'écarte et contemple mon œuvre. Ce n'est pas si mal, mais ce n'est jamais qu'un dessin sur une feuille !

Et si je ne me contentais plus seulement de rêver ? Si je concrétisais le rêve ?

Un rêve que je pourrais toucher, palper, porter... à la soirée de Justine.

Impossible. Je n'oserai jamais mettre ce projet à exécution. Pourtant, porter un ensemble que j'aurais moi-même dessiné, ce serait génial.

Seulement toute seule je n'y arriverai jamais ! J'ai besoin d'aide.

J'ai une petite idée...

Je sors en trombe de ma chambre, mon carnet de croquis à la main, et j'avertis ma mère occupée à préparer le dîner dans la cuisine :

– Mam, je vais dire bonsoir à Juliette.
– Maintenant ?
– Oui, j'ai quelque chose à lui demander, je ne resterai pas longtemps.

Juliette examine mes croquis en fronçant les sourcils.

– Ce n'est pas mal pour une débutante, finit-elle par déclarer. Mais sur celui-là – elle désigne le dernier modèle – tu as fait l'impasse sur le tissu ! C'est-à-dire que tu ne t'es pas demandé une seule seconde dans quelle matière serait créé l'ensemble. Viens, ce n'est pas grave, ajoute-t-elle devant mon air désespéré, je peux t'aider.

Elle m'entraîne vers son antre tout en parlant :

– Tu sais, Ophélie, dans la vie il faut être patient. Moi, j'ai commencé chez Dior, j'étais seconde main débutante, je n'avais pas vingt ans et seulement un CAP de couturière en poche, mais j'étais animée d'une telle volonté, d'un tel désir... Là, regarde, sur cette photo je travaille chez Cardin où je suis restée deux ans. Maintenant, je dirige une vingtaine de petites mains plus une dizaine d'intérimaires en période de collection.

Elle me sourit, et je me remets à espérer. Puis, elle fouille dans son coffre et en sort une pièce de soie qu'elle me met entre les mains.

– Recommence ton dessin en tenant compte de la fluidité de la soie, et rappelle-toi que la couture c'est l'harmonie entre belles matières et belles finitions. Et puis, reviens vite me voir ! Je crois comprendre que tu es assez pressée...

– Oui, plus que pressée !

Je lui raconte la soirée programmée par Justine, mon projet de réaliser la tenue. Elle sourit.

– Allez, quand on veut on peut ! Je serai là, conclut-elle.

Je remonte chez moi, pleine de courage. Et je m'attelle devant mon carnet, je recommence, encore et encore.

Je crois que Juliette sera contente en voyant ce dernier croquis. Il n'est peut-être pas parfait, mais il est comme je le ressens. Je crois que je n'ai pas oublié de rendre les matières, velours pour la jupe, soie pour le bustier.

Je meurs d'envie de porter cet ensemble.

Je sursaute en entendant ma mère qui me tend le téléphone :

– Ophélie, j'ai frappé mais comme tu ne répondais pas... Tiens, c'est pour toi !

Qui peut m'appeler à neuf heures du soir ?

Sans doute Luciane qui ne peut attendre demain pour m'annoncer une nouvelle importante, ou qui a envie de bavarder avant de s'endormir.

C'est Victor !

– Je viens de recevoir un cadeau, m'apprend-il, devine ce que c'est !

– Un nouveau piano !

Il rit. J'adore son rire.

– C'est plus petit et moins encombrant et en plus, figure-toi que je suis en train de m'en servir.

Je réfléchis à toute vitesse et lance :

– Un téléphone portable !

– Oui, et c'est toi que j'ai eu envie d'appeler en premier !

Je manque en laisser tomber l'appareil. Il reprend :

– J'avais terriblement envie de te parler, d'entendre ta voix, j'adore ta voix. Qu'est-ce que tu es en train de faire ?

– Je dessine, m'entends-je répondre, et je crois qu'enfin j'ai trouvé quelque chose d'intéressant...

– Ça, j'en suis sûr, me rassure-t-il, et j'espère que tu me montreras bientôt tes dessins... j'attends ce moment avec impatience. Au fait, tu sais que Justine m'a invité à sa fameuse soirée ? J'ai dit oui.

J'en ai les mains qui tremblent. Ainsi Juliette avait raison, il a trouvé le moyen de venir à la fête... Serait-ce pour moi ?

– C'est génial, je suis contente, je balbutie comme une gourde, on sera drôlement nombreux, si je compte bien !

– Oui, elle a vu grand, comme toujours ! Et puis pour l'élection ça sera plus excitant, selon elle ! En tout cas, je lui ai dit que je ne participerais pas, je trouve ça nul, les miss carnaval ou France ou n'importe quelle miss. Figure-toi qu'elle a juste répondu qu'on se passerait de mon vote mais que je pouvais venir quand même ! Tu vois, elle est plus tolérante qu'on le croyait ! Elle a aussi invité Bella mais elle ne veut pas venir, elle pense n'avoir aucune chance de gagner... J'ai essayé de la convaincre, Alex aussi, elle ne veut rien entendre, elle se contente de dire qu'elle ne peut pas.

Ainsi, elle est restée en contact avec le cousin de Victor... je préfère ça, finalement !

On bavarde encore un moment, et je raccroche.

Je me sens bien. Je viens de décider une chose importante.

Victor me verra mardi prochain dans la tenue que je viens de dessiner. Car cette jupe et ce bustier, je vais les réaliser. Ils prendront forme sous mes doigts, ils existeront, mieux que sur le papier. Ce sera irrésistible. Et c'est moi qui gagnerai le concours, j'ai toujours rêvé d'être miss quelque chose. Et Victor, quoi qu'il en dise, sera subjugué.

Car à lui, et à lui seul, j'avouerai que c'est moi qui l'ai créée de bout en bout. Je n'ajouterai pas « pour toi » mais je le penserai. Un peu. Car c'est surtout pour moi que je veux la réaliser !

Pour me prouver que j'en suis capable, que je suis faite pour la mode, et que la mode veut bien de moi.

Du patron aux finitions

Le compte à rebours a commencé. La soirée est prévue mardi prochain, on est jeudi. Ce soir, je fais la dînette avec Juliette qui m'a invitée, en me disant : « Apporte donc tes nouveaux croquis, on verra ce qu'on peut en tirer. »

J'ai un peu peur. Et si elle décidait de ne pas m'aider ? Seule, je ne pourrai jamais couper, coudre.

J'ai besoin de ses mains expertes, de ses conseils, de ses encouragements aussi. J'ai besoin qu'elle y croie.

Car après une soirée d'euphorie, je doute à nouveau de moi.

Dans quelques instants, je serai fixée.

Juliette me fait asseoir sur son canapé et je m'enfonce dans les coussins multicolores. J'adore son appartement, il lui ressemble, plein de lumière et de vie.

Elle a préparé des toasts au saumon qu'on grignote tout en bavardant. Au bout d'un moment, elle demande en souriant :

– Ophélie, et si tu me montrais tes derniers croquis ? Celui que tu as retravaillé sur mes indications par exemple ?

Je lui tends mon carnet, le cœur battant. J'ai confiance en son jugement, c'est une pro et en plus elle m'aime bien, elle me dira la vérité, quelle qu'elle soit.

Elle observe avec attention la jupe en velours et le bustier en soie. Enfin, elle sourit.

– Cet ensemble est parfaitement réalisable, tu n'as oublié aucun détail, je l'imagine très bien sur toi !

Je pousse un soupir de soulagement. Elle m'entraîne vers sa chambre et le coffre.

– Que penses-tu de cette pièce de velours ?

Je palpe le tissu, il est agréable au toucher, et à l'œil aussi. Seulement il n'est pas imprimé de fleurs graphiques comme sur mon croquis ! Il est uni, rouge, parsemé de points noirs.

– Oui, ça change, concède Juliette, j'aime beaucoup ta version à toi mais il va falloir qu'on se rende à l'évidence : je n'ai pas ce tissu, et le temps presse, non ?

J'avoue que oui.

– Dans ce cas, il faudra que tu fasses une concession. Tu n'aimes pas ce velours ?

– Si, beaucoup ! Mais je m'étais fait à l'idée que...

– Il faut savoir changer d'idée en cours de route, s'adapter. Moi je suis persuadée que la forme ample de la jupe te conviendra à merveille, Ophélie, même dans ce tissu ! Pour le bustier, par contre, j'ai exactement ce que tu as choisi, de la soie pure et noire.

On étale les tissus sur la table du salon.

– Je commencerai par faire les patrons, me dit Juliette, puis je couperai la toile.

Devant mon air étonné, elle explique :

– La toile c'est un tissu écru dans lequel le modèle est réalisé avant de découper le tissu choisi. C'est plus prudent vois-tu ! Ça évite de gâcher des belles matières ! Bon, tu reviens samedi midi, j'aurai tout coupé, et tu auras le week-end pour t'y mettre !

– Moi ? Mais je ne sais pas coudre ou à peine !

– Tu verras, je t'expliquerai, on travaillera ensemble, et tu peux aussi demander à ta mère de nous aider ! Plus on sera de mains, mieux ça vaudra ! Elle sait comment fonctionne une machine à coudre, non ?

– Oui, et moi aussi… Mais juste pour les ourlets et les petites retouches. On n'a jamais cousu de vêtement entier !

– Quand on veut, on peut, rétorque Juliette, et ne me dis pas une fois encore que c'est impossible et que tu n'y arriveras pas. En attendant samedi, je te conseille d'essayer !

– D'essayer ? Mais comment ?

– Tu découds une de tes vieilles jupes, et tu essaies de la refaire, à l'identique ou différemment. Tu t'amuses, tu inventes, tu imagines... tout un programme, Ophélie, mais la vie est un vaste programme !

Elle rit, ses boucles d'oreilles rouges s'agitent.

– En tout cas, tu me laisses le carnet de croquis !

On s'embrasse, et je murmure « Merci Juliette » dans son oreille.

Je remonte chez moi en me disant que j'ai trouvé une fée, une vraie.

La tête que feront les autres lorsqu'ils me verront dans une tenue qui n'existe ni chez Lolablue ni chez personne d'ailleurs !

De retour dans ma chambre, j'entreprends de découdre une de mes vieilles jupes. Grâce au découd-vite trouvé dans la boîte à couture de ma mère, l'entreprise est assez simple.

Je me retrouve rapidement avec des pans de tissus dont je ne sais que faire ! Je crois qu'il est temps d'appeler ma mère à la rescousse.

Elle reste bouche bée devant la jupe massacrée.

– Ophélie, que se passe-t-il ? Tu as l'intention de détruire ta garde-robe pièce après pièce ?

– J'ai l'intention de la renouveler, ma garde-robe ! Et j'aimerais vraiment que tu m'aides...

Je lui raconte tout, depuis le début. Mes croquis, les conseils de Juliette, et enfin notre plan d'attaque.

– Avec la tenue qu'on va créer, je gagnerai le défilé !

Elle me contemple d'un air attendri.

– Si c'est vraiment ce que tu veux, je vais te donner un coup de main ! Je vais même chercher dans l'armoire des morceaux de tissus que j'ai gardés de ta grand-mère. Tu sais combien elle aimait coudre !

– Oui, mais ce n'était pas très réussi ! Moi je ferai mieux !

– Je n'en doute pas.

On passe le reste de la soirée à découper des pivoines dans le satin rouge de ma grand-mère.

– Demain, décrète ma mère, je te montrerai comment mieux te servir de la machine à coudre, ce n'est pas sorcier, je sens que tu apprends vite, normal on apprend toujours vite quand on aime ce qu'on fait. Tu recoudras la jupe dans la forme que tu souhaites, et on appliquera les fleurs dessus.

– Je t'adore ! je réponds en sautant à son cou, tu es la plus super géniale des mères !

Elle ne répond pas, mais je la sens très émue. Je me couche en me disant que la soirée chez Justine s'annonce bien. Mais soudain je pense à Bella et je trouve que la vie est injuste. Elle devra venir dans ses vêtements de tous les jours, elle sera obligée d'admirer les tenues des autres, et elle se mordra les lèvres pour ne pas pleurer.

Mais que puis-je y faire ?

Créer pour elle une tenue digne de sa beauté, susurre une voix à mon oreille.

Le problème, c'est que la soirée est programmée pour mardi soir et qu'il ne me reste que le week-end pour fabriquer MA tenue ! Je n'aurai pas le temps de penser à autre chose !

Alors donne-lui ta tenue, continue de susurrer la voix à mon oreille, demande à Bella de venir l'essayer samedi, et Juliette ajustera la jupe et le bustier à sa taille. Voilà qui serait généreux !

Et moi, dans cette histoire ?

J'abandonnerais à Bella les fruits de mon travail et je serais condamnée à me rendre à la soirée de Justine en haillons ? C'est impossible.

Je préfère dormir. Peut-être me réveillerai-je avec une solution ?

On peut rêver.

Tout à l'heure, je descendrai chez Juliette pour les essayages. Par la même occasion, je lui montrerai la jupe que j'ai cousue hier soir en rentrant du collège, avec l'aide de ma mère. Elle a de l'allure avec ses pivoines rouges sur fond noir et la ceinture assortie – coupée par mes soins ! « Elle est originale, a dit ma mère en souriant, il n'y en aura pas deux semblables au collège ! »

Ça, c'est sûr. Tellement originale qu'elle risque de provoquer les ricanements de mes chers camarades. Mais je ne suis pas obligée de la mettre, cette jupe.

Pourtant, j'en ai drôlement envie ! Rien que pour voir, justement, leurs réactions !

Au moment où je m'apprête à me rendre chez Juliette, le téléphone sonne.

– C'est pour toi, Ophélie, me dit ma mère.

Au bout du fil, Bella a une toute petite voix.
– Je suis triste, me confie-t-elle d'emblée.
On se connaît à peine et c'est vers moi que Bella se tourne pour me parler de ses soucis. Je suis touchée.
– Alexandre ne m'a pas appelée depuis deux jours.
Ainsi, j'avais raison : ils se revoient ou du moins se téléphonent.
– Il a eu un empêchement, ou un problème avec son portable, il a épuisé son forfait, ou quelque chose comme ça, je suggère.
– Tu es gentille…
Tout à coup, elle déclare :
– Je n'irai pas chez Justine…
Je me tais. Je pense très fort à l'essayage qui m'attend chez Juliette, et je me dis qu'il est trop tard de toute façon.
– Tu sais, Bella, tu n'es pas obligée de participer au défilé, Victor y renonçe, et pourtant il vient quand même !
Elle soupire. Je me dis encore qu'elle serait sublime dans ma jupe de velours et mon bustier de soie. Toutefois le noir ne s'harmoniserait pas très bien à sa peau de blonde, je la préférerais dans des teintes pastel, rose ou bleu ciel comme ses yeux.
– Réfléchis avant de dire non ! et puis excuse-moi Bella, mais il faut absolument que je sorte, j'ai un rendez-vous urgent.

Elle n'insiste pas et je raccroche, mal à l'aise. J'ai l'impression de lui avoir fait de la peine. Peut-être attendait-elle de moi un conseil, une aide, elle est si seule ! Enfin pas tant que ça puisque Alexandre lui téléphone. Sauf qu'il n'a pas appelé depuis deux jours, et moi qui la laisse tomber !

Mais c'est pour la bonne cause : Juliette m'attend. Et je suis pressée de voir ce qui est né sous ses mains expertes.

Hier j'ai essayé la toile et aujourd'hui c'est le jour J !

Je tremble un peu. C'est tout simplement magnifique ! Juliette a étalé la jupe et le bustier sur la table du salon et je ne me lasse pas de les admirer.

– On dirait qu'ils sont sortis du croquis ! Comment as-tu pu faire ça ?

– Oh, répond Juliette avec modestie, je n'ai fait que reproduire aussi fidèlement que possible ton dessin. C'est donc toi qu'il faut féliciter ! Et maintenant, si on passait aux essayages ?

Je me mire dans la psyché et j'ai du mal à me reconnaître ! Est-ce vraiment moi, Ophélie ?

Je murmure :

– Tu es une vraie fée, Juliette !

– C'est vrai, dit-elle en riant, tu es métamorphosée... Il ne manque plus que quelques touches de maquillage et quelques gouttes d'eau de toilette, pour ça tu demanderas conseil à ton amie Luciane qui est certainement plus compétente que moi... Mais pour la fée, je te le répète, je n'ai fait que suivre tes indications et si le résultat est réussi, c'est que ton croquis était bon et que tu peux continuer... Au fait, j'ai vu la jupe que tu portais en arrivant, elle est craquante avec ses pivoines ! Tu vois que même sans moi tu arrives à un bon résultat !

Je quitte à regret mes nouveaux vêtements, pendant que Juliette m'explique que le travail est loin d'être fini. Il s'agit maintenant de coudre le plus finement possible, à la machine et à la main, les différentes pièces de tissu.

On s'y attelle toutes les deux, et c'est génial de travailler en sa compagnie. Pendant que la machine à coudre crépite, elle me raconte l'excitation qui règne dans les ateliers à la veille des défilés.

– Et puis la grande crainte, c'est de voir arriver une top model qui aurait commis un excès alimentaire la veille et pris quelques centaines de grammes. Mais heureusement, en général, elles sont consciencieuses et surveillent leur poids de près, surtout avant les défilés...

Du coup, je repense à Bella, si longiligne, si fine, si belle, et mon cœur se serre. Viendra-t-elle mardi soir ? Je suis presque sûre qu'elle choisira de rester chez elle.

– Allez, ça suffit pour aujourd'hui ! décrète Juliette en éteignant la machine à coudre, on finira demain ! Puis tu essaieras à nouveau et je ferai les dernières retouches lundi soir. Mardi tout sera prêt et tu seras la reine de la fête, et la princesse dans le cœur de... comment s'appelle-t-il déjà ?

Je crois que je rougis.

– Victor, mais je ne sais pas s'il...

– Taratata, je parie que si ! Tu es très jolie, Ophélie, et tu portes superbement la toilette. En plus tu seras une grande styliste, car tu as un talent fou ! Vraiment les fées ont dû se pencher sur ton berceau !

Styliste... Juliette vient de prononcer mon rêve à voix haute. Je serai styliste. Je passerai mes jours, et peut-être mes nuits, à dessiner. À faire ce que j'aime le plus au monde. Et des tas de femmes porteront les vêtements qui seront nés sous mes doigts.

– Oui, je serai styliste, et j'imposerai ma mode, je déclare, ou plutôt non je n'imposerai rien, je créerai plein de styles, pour tous les goûts, et chacun choisira ce qui lui convient.

– Tu as raison, sourit Juliette, la mode doit être multiple.

– Si seulement je pouvais leur faire comprendre ça, au collège ! Ils sont tous habillés pareil, et dès qu'on n'est pas comme eux ils se moquent !

– Alors tu pourrais peut-être leur montrer le chemin, suggère Juliette en ouvrant la porte. Allez ouste, moi aussi j'ai des choses à faire... À demain !

Un nouveau créateur

Ce dimanche soir, les paroles de Juliette me trottent dans la tête. « Tu pourrais peut-être leur montrer le chemin… »

Que veut-elle insinuer par là ? Que je dois m'habiller comme je l'entends ? En inventant mon propre look ?

Mais vais-je oser ? Parce que me contempler dans le miroir et être admirée par Juliette et mes parents, c'est plus facile que d'affronter le regard de la bande. Je l'avais un peu oubliée, la bande ! Juliette ne connaît pas Justine et Johan sinon elle saurait combien ils peuvent être intolérants, méprisants et désagréables. Et moi je ne veux pas leur déplaire.

En même temps j'ai envie de me montrer telle que je suis. Par exemple dans cette jupe retaillée qui me plaît beaucoup. Même mon père qui ne s'intéresse jamais à mes vêtements l'a remarquée. Il m'a dit qu'elle m'allait à ravir !

J'ai terriblement envie de la porter demain matin. Mais rien que de penser à la tête qu'ils feront, j'ai les mains qui tremblent !

Je sais que je peux compter sur Victor et Bella qui me soutiendront, si besoin est. Et peut-être sur Luciane, encore que j'en doute, car jamais elle n'aura le courage de contredire Justine si celle-ci décrète ma jupe immonde.

Je vais dormir sur la question, comme dirait ma mère. Demain matin, je déciderai.

En entrant dans la cour du collège, je ne suis pas très rassurée. Bella vient vers moi, les yeux rivés sur la jupe façon Ophélie.

– C'est beau ! Ça ne ressemble pas aux autres !

Ce compliment me va droit au cœur. Je sais qu'il est sincère, Bella ne sait pas mentir.

Mais le « Ça ne ressemble pas aux autres » m'inquiète un peu.

Déjà Justine et Luciane, accompagnées de l'inséparable Johan, se dirigent vers nous. C'est l'instant décisif.

Tous les regards sont fixés sur ma jupe. Je vois des lumières s'allumer dans les yeux.

– Pas mal, jette Justine, tu l'as achetée où ? Pas chez Lolablue en tout cas, sinon je l'aurais remarquée, et c'est moi qui la porterais !

Elle est jalouse ! Je crois rêver...

Vais-je avouer « C'est moi qui l'ai faite avec une vieille jupe que j'ai rafistolée » ? Ils risqueraient de ne plus trouver ma jupe aussi irrésistible !

Alors je lance :

– C'est la nouvelle collection d'un jeune créateur anglais. Je l'ai dénichée sur Internet... Ça vient tout droit de sa boutique. À Londres, c'est déjà la folie...

Il se crée un silence que je ne sais comment interpréter.

– C'est hyper original, déclare Luciane en tournant autour de moi pour admirer les détails, j'adore ces grandes pivoines !

– Au fait, demande Justine qui ne perd jamais le nord quand il s'agit d'argent, comment as-tu fait pour payer sur Internet ? Tu n'as pas de carte bancaire ?

– Ma mère était d'accord, bien sûr ! En plus, le prix était accessible. Par Internet c'est moins cher qu'en boutique.

Pourvu qu'ils gobent ce mensonge !

Justine me regarde attentivement.

– Tu ne veux pas que je te l'échange contre un pantalon Lolablue ? Je viens d'en acheter un qui ne me plaît plus... et qui t'irait bien, je parie.

J'avale ma salive. Un pantalon Lolablue contre cette vieille jupe retaillée et recousue par mes soins ! Vraiment, je n'y crois pas !

– On verra, pour l'instant elle me plaît, alors je la garde.

Elle fait la moue.

– Au fait, puisque c'est un créateur anglais, il doit y avoir sa griffe quelque part sur la jupe. Montre un peu !

J'esquisse un pas de recul. Le logo, la marque ! Je n'y ai pas pensé ! Heureusement j'ai décousu l'ancienne étiquette mais comment vais-je expliquer son absence justement ?

Le hasard me sourit, car soudain le portable de Justine se met à sonner et elle s'écarte.

Elle revient quelques minutes plus tard, l'air furieux.

– Vous ne devinerez jamais ce qui m'arrive ! Je suis obligée d'annuler la soirée de mardi ! Une de mes grands-tantes vient de mourir et je dois accompagner mes parents à l'enterrement fixé à mercredi !

Du coup, on oublie ma jupe et le logo et on se lamente tous en chœur. Seule Bella n'a pas l'air désolée de la tournure que prennent les événements.

– Ce n'est pas si grave, reprend tout à coup Justine, je la reporte au mardi suivant. OK ? Vous êtes libres ?

Personne ne se risquerait à ne pas l'être. Même Bella hoche la tête en signe d'accord. Et tout à coup, j'ai une idée géniale.

– Ophélie, tu ne veux pas me filer l'adresse Internet de ton Anglais de génie ? demande Johan. Je parie qu'il a aussi des pantalons hyper tendance.

– Tu rêves, Johan ! Je garde l'exclusivité ! Je ne veux pas que tout le collège soit habillé comme moi !

Il grimace de dépit et moi je jubile. Ils gobent tous mes mensonges et sont en admiration devant mon œuvre. Quand ils verront, mardi prochain, la jupe et le bustier, ils tomberont à genoux !

Victor nous rejoint, ses écouteurs dans les oreilles. On lui apprend le report de la soirée et il n'a pas l'air d'être vraiment désolé. Il m'entraîne vers un coin de la cour.

– Alors tes dessins, où en es-tu ?

Il n'a pas oublié ! Il précise :

– Tu m'avais promis de me montrer ton carnet de croquis.

Il a les yeux qui pétillent. Je craque :

– Justement, tu l'as devant toi, le croquis...

Il me regarde des pieds à la tête.

– Tu veux dire quoi exactement ? C'est... la jupe ? Tu sais malgré mes écouteurs j'ai entendu, pour le créateur anglais... C'est faux n'est-ce pas ? C'est toi qui...

J'ai très envie de glisser ma main dans la sienne. Et tout à coup, je sens ses doigts sur les miens. Je murmure :

– Tu as deviné juste...

Puis la cloche sonne, et on entre dans le bâtiment, main dans la main.

Victor a enlevé ses écouteurs. Il me parle doucement, j'adore sa voix, j'adore qu'il me dise qu'il adore ma jupe, qu'il jouera la sonate de Diabelli en pensant à moi, qu'on pourrait aller au ciné, « justement on passe un film que j'ai envie de voir avec toi. » Je crois que je suis en train de tomber amoureuse !

Je pénètre en classe dans un état second. Victor, lui, se dirige vers une autre salle, il a pris anglais en seconde langue et moi en première.

– Tu viens d'où ? me demande Luciane, on dirait que tu flottes sur un petit nuage !

– Tu ne crois pas si bien dire !

Elle me dévisage, étonnée. Mais la prof d'anglais a posé son cartable sur le bureau, signe qu'on doit se taire.

Et puis, au fond, je n'ai pas tellement envie de lui parler de Victor. Pas encore. Victor, c'est mon secret, mon secret blond.

Je le garde.

Dans la cour de récréation, je m'approche de Bella. Pendant le cours d'anglais j'ai eu le temps de penser à mon projet, et même de commencer à lui donner forme, au nez et à la barbe de la prof !

– Arrête de t'en faire, Bella, pour la soirée chez Justine, j'assure.

Elle me sourit avec l'air de quelqu'un qui ne comprend pas. J'explique :

– Cette jupe que tu vois là, sur laquelle ils se sont tant extasiés, eh bien c'est moi qui l'ai faite ! Et maintenant j'ai décidé de te dessiner une tenue à toi aussi ! Comme la date de la fête est reculée d'une semaine, on a le temps mais il faudra que tu nous aides, puisque ce sera ta tenue.

Bella écarquille les yeux.

– Tu ferais ça pour moi ?

– Oui, je vais essayer mes talents sur toi, en quelque sorte ! Si tu es affublée comme l'as de pique tu ne pourras t'en plaindre qu'à moi et à toi-même...

Bella sourit. Elle est vraiment belle, et je suis contente d'avoir eu l'idée de dessiner pour elle.

Dès ce soir, je me plonge dans mon carnet. Je créerai une tenue sublime digne de sa beauté époustouflante. Et si elle gagne le défilé, je ne serai pas jalouse, puisque ce sera un peu grâce à moi !

Tout en dessinant, j'essaie d'imaginer Bella dans cette robe sans manches en crêpe de soie rose pâle doublé d'un voile de coton. J'ai voulu des petits plis sous le décolleté arrondi et une bande drapée rapportée à la taille. C'est très classe, peut-être un peu trop. Pourtant je crois que Bella porterait cette robe comme si elle avait été créée pour elle... ce qui est le cas !

Mais, dans le doute, je préfère continuer à croquer des silhouettes sur mon carnet. Si Bella trouve cette robe trop « femme », elle craquera sûrement pour ce chemisier volanté légèrement cintré, décolleté en V, la patte de boutonnage et les poignets s'animent d'un double volant. J'ajoute des boutons en nacre véritable. Puis je m'attaque au pantalon, très sobre, d'allure masculine, en lin clair, qui contrastera avec le haut hyper sophistiqué que je verrais bien dans une maille très finement imprimée de roses roses.

Maintenant, il faut que je pense au cadeau de Justine. Quelque chose qui l'épatera, et qu'elle croira tout droit sorti de chez mon créateur anglais !

J'ai trouvé : un top imprimé en crêpe de soie avec un empiècement uni double épaisseur au décolleté et à la base. Les bretelles sont réglables. Je mets aussi des fentes sur le côté.

Sur le papier ce top me paraît irrésistible, mais plaira-t-il à Justine ? Elle est si difficile. Autre problème : je ne peux exiger de Juliette qu'elle me fournisse tous ces tissus. Soit je la paie, soit je me débrouille pour en acheter. Mais où vais-je trouver l'argent nécessaire ?

Pour commencer, il faut que je m'assure que ces modèles sont réalisables, et seule Juliette peut me donner un avis éclairé !

Je file chez elle, mon carnet à la main.

À peine installée dans son canapé, je lui apprends le report de la soirée et ma décision de donner à Bella un ensemble qui lui permettra de venir sans avoir à rougir.

– C'est une excellente idée ! Montre-moi tes croquis ! ajoute-t-elle en lorgnant mon carnet.

Je le lui tends et elle pousse un petit cri d'étonnement :

– Dis donc, Ophélie, tu apprends à vue d'œil ! C'est encore mieux que les précédents !

Devant mon air ravi, elle s'empresse d'ajouter :

– Évidemment, tu as encore beaucoup de chemin à parcourir avant d'être styliste !

D'abord le bac, puis une bonne école, après tu pourras travailler pour un grand couturier... ensuite tu...

– Ensuite, je créerai ma propre marque, je lui donnerai un nom tout simple, le mien, Ophélie. C'est mignon, non ?

Elle rit.

– Tu as encore le temps de changer d'avis plusieurs fois ! Maintenant il faut que tu me donnes les mensurations de tes deux amies !

– Pour Bella, je les ai notées sur la dernière page du carnet. Par contre, pour Justine, c'est délicat de les lui demander. Mais elle mesure juste cinq centimètres de plus que moi, et elle pèse à peu près le même poids.

– Je me débrouillerai, de toute façon on n'a pas le choix, et on n'a qu'une semaine, ce n'est pas trop ! Car je travaille, moi, dans la journée. S'il y a des retouches à effectuer sur le top cadeau pour Justine, on les fera après la soirée, mais je suis sûre que ce ne sera pas la peine.

Sur le pas de la porte, je me souviens soudain de mon problème de tissus. Je hasarde :

– Je paierai, pour les tissus, il n'y a pas de raison...

Juliette me serre dans ses bras.

– Ne t'en fais pas, on verra ça plus tard. De toute façon ces étoffes ne servaient à rien ni à personne, elles attendaient qu'on vienne les chercher, elles ne demandaient que ça, se retrouver sur la peau de jolies jeunes filles heureuses de les porter.

Je l'embrasse en murmurant merci dans son oreille.

Juliette, c'est ma bonne fée. Sans elle je courais à la catastrophe. Pas de tenue pour moi, rien pour Bella, et pour Justine un cadeau banal. Alors que là, je vais tous les épater.

Une semaine de travail et la soirée sera d'enfer.

C'est en me couchant que je me rends compte que j'ai complètement oublié de récupérer ma jupe et mon bustier chez Juliette, tant j'étais obnubilée par mes nouvelles créations !

Panique avant le défilé

J'ai passé une semaine folle. Jamais je n'ai autant travaillé de ma vie. La couture, ce n'est pas si facile ! Je n'aurais pas imaginé que ça demandait tant de travail, tant de soin, tant de patience aussi.

Aujourd'hui dimanche Bella est venue essayer une dernière fois sa robe. Car c'est la robe qu'on a finalement retenue d'un commun accord, Juliette, Bella et moi. Bella a aussi choisi le tissu, qui n'est pas rose comme sur mon dessin – il n'y avait pas cette couleur dans la malle aux trésors –, mais bleu tendre, presque de la couleur de ses yeux. Juliette a déclaré :

– Dans cette robe, tu as l'allure d'un top model, la silhouette, la grâce. Il faudrait juste que tu apprennes à te mouvoir comme elles.

Et elle a esquissé le pas que l'on peut voir dans les défilés à la télé.

– Je te prêterai des escarpins, a encore promis Juliette, cette robe a besoin de chaussures adéquates.

Bella a rougi, ce qui la rend encore plus belle. Elle a murmuré :

– J'en reviens pas ! C'est un… comment ? Un conte ?

On rit. On goûte aussi. J'ai apporté un gâteau et Juliette nous propose du jus d'orange.

– Alors les filles, où en sont vos amours ?

Bella rougit de plus belle. Avec son teint de blonde, son émotion ne passe pas inaperçue !

– Pour moi, tout va bien, je déclare en avalant une gorgée de jus d'orange.

J'ai envie de demander à Juliette si elle a un amoureux, mais je n'ose pas. D'ailleurs Bella s'écrie déjà :

– Moi aussi, ça va, Alexandre téléphone tous les jours ou presque. Il est en pension, explique-t-elle, pas beaucoup là.

– Vous avez de la chance ! s'exclame Juliette. Moi, à votre âge, je faisais mes études dans un pensionnat de filles et on ne voyait les garçons que les rares moments où on arrivait à déjouer la surveillance des pionnes…

Oui, je trouve qu'on a de la chance. Et je suis follement heureuse de voir Victor tous les jours. Depuis qu'il a touché ma main, j'ai l'impression d'être plus vivante qu'avant. Comme si tout avait pris une couleur nouvelle.

Surtout que bientôt il pourra m'admirer dans ma tenue chic et choc ! Et il sera le seul, avec Bella, à connaître la vérité : que c'est moi Ophélie qui ai été capable de créer de telles merveilles. Avec un peu d'aide, mais quand même, sans mes croquis rien n'aurait été possible.

Une fois sortie de chez Juliette, tout à coup le doute me prend et je m'arrête en plein milieu des escaliers.

– Ça va ? s'inquiète Bella.

– Je me demande si je dois y aller, à la soirée de Justine…

Elle me dévisage d'un air horrifié :

– Pourquoi pas ? J'ai une belle robe, et toi une jolie tenue…

Je grimace.

– Oui, peut-être, mais je vais être obligée de leur faire croire encore à cette histoire de créateur anglais trouvé sur Internet, et mentir je n'aime pas trop. Ma mère prétend que ça ne sert à rien, que la vérité finit toujours par surgir…

Bella me contemple gravement.

– Et alors ? Pourquoi ne pas leur dire ?

– J'ai peur qu'ils ne jugent plus mes tenues si tendance, et puis c'est mon secret, personne n'a à savoir…

On grimpe les escaliers en silence.

Tout à coup, arrivée devant la porte de chez moi, je me tourne vers Bella :

– Je crois que je n'ai pas confiance en moi.

– Ça, c'est nul, sourit-elle, j'aime ce que tu fais et les autres aussi aimeront, même s'ils savent que c'est toi...

Elle a peut-être raison. N'empêche, je ne suis pas très rassurée.

Et le mardi fatidique, c'est déjà après-demain.

Je me demande si je ne vais pas profiter de cette soirée pour coller des étiquettes bidon sur les vêtements. Mais où les trouver? Et il est trop tard pour en fabriquer.

Je suis méchamment coincée.

Si on découvre la supercherie, j'aurai l'air de quoi?

D'une styliste qui a du talent, susurre ma voix intérieure que je commence à bien connaître.

– Tu veux qu'on écoute un peu de musique pour se détendre ? je suggère à Bella qui s'est assise sur mon lit et qui me regarde en souriant.

Elle est d'accord.

Nirvana me changera les idées.

Nous sommes prêtes, Bella et moi. Dès que nous sommes rentrées du collège, nous avons commencé à nous préparer pour ne pas risquer d'arriver en retard à la soirée de Justine. Il est dix-neuf heures, nos lèvres brillent – rose sur les miennes, une nuance plus foncée sur celles de Bella –, nous avons mis un soupçon de blush sur nos pommettes, et ombré de mauve nos paupières.

J'aurais pu demander à Luciane de nous aider à nous maquiller, mais elle aurait découvert ma tenue et celle de Bella avant les autres, et je veux que la surprise soit complète. Et puis aurais-je pu tenir ma langue ? J'aurais pu laisser échapper un détail qui lui aurait fait comprendre l'origine de nos tenues. Et là c'était la catastrophe, car Luciane a beau être ma meilleure amie – enfin, depuis que Bella a surgi dans ma vie, je me demande si c'est encore vrai –, elle est incapable de garder un secret.

Pour finir, je vaporise sur Bella le parfum de ma mère, *Divine*. Ce nom convient tout à fait à sa robe et à sa personne. Elle est vraiment très glamour dans ce bleu de la couleur de ses yeux. Et je suis très émue, car j'ai l'impression d'avoir réussi à créer une robe digne de son teint lumineux, de la blondeur de ses cheveux, de la finesse de son corps.

Mes parents nous souhaitent une bonne soirée, et mon père laisse échapper un « Quelle élégance ! ». Dans les escaliers, on croise Juliette qui venait s'assurer que tout va bien.

– Vous êtes magnifiques toutes les deux, dit-elle d'une voix émue. Ah, je vois que vous avez pensé aux accessoires.

Elle baisse les yeux sur les escarpins qu'elle a prêtés à Bella, sur mes pieds chaussés de ballerines, puis, rassurée, elle vérifie les derniers détails : besace en toile pour moi, petite pochette parsemée de strass pour Bella (on les a trouvées in extremis dans une boutique de gadgets).

– Ça manque de bijoux, remarque-t-elle. Venez, je peux réparer cet oubli !

Une fois dans sa chambre, elle extirpe d'un coffret en bois un collier de pierres qu'elle tend à Bella :

– J'ai rapporté ce collier de cristaux de mes dernières vacances en Autriche. Ces dégradés de rose s'accordent bien avec le bleu.

Pour moi, elle choisit un pendentif orange en forme de cœur retenu par un simple lacet noir qu'elle noue autour de mon cou.

On se mire dans la psyché une ultime fois avant le départ. L'orange du cœur fait ressortir le noir de mon bustier de soie, et Bella pousse un petit cri de ravissement :

– Tu es superbe !

Son exclamation me va droit au cœur. D'autant plus qu'elle ajoute doucement :

– Merci à toutes les deux, sans vous, j'étais... seule.

Elle a les yeux pleins de larmes. Moi aussi je suis émue, j'ai réussi à faire plaisir à quelqu'un en me consacrant à ce que j'aime le plus au monde : la mode.

Et j'adore faire plaisir.

– Ne m'embrassez pas, s'exclame Juliette, votre brillant à lèvres en souffrirait ! Allez, ouste, c'est l'heure ! Et bonne soirée, nous crie-t-elle en nous regardant disparaître dans la cage d'escalier.

À chacun sa passion

Lorsque je sonne à la porte du pavillon décorée d'une banderole « Vive la mode ! », Justine vient nous accueillir. Je n'ai pas le temps de détailler sa tenue que j'entends la voix de Luciane dans mon dos :

– C'est horrible de choisir ! Jusqu'à la dernière minute je n'arrivais pas à me décider, j'ai tant de vêtements dans ma penderie ! J'ai passé deux heures à tout essayer !

Elle ajoute à voix basse :

– J'ai tellement envie de gagner ce concours.

Je crois que ni Justine ni Luciane, trop préoccupées par leur propre look, n'ont remarqué nos tenues. Il faut dire que nous sommes dans l'ombre, sous l'éclairage tamisé de l'entrée. Dès que nous aurons fait un pas, Bella et moi, elles seront époustouflées...

Elles, par contre, ne sont guère différentes de l'ordinaire. Comme quoi, les vêtements Lolablue, on s'en lasse ! Moi, ils ne me font plus le même effet qu'avant.

Sur les talons de Luciane arrivent Jeanne et Delphine. J'ai du mal à réprimer un sourire : elles portent le même tee-shirt noir à impressions dorées en forme de losange, un cache-cœur en maille souple et un jean pratiquement identique, taille basse, une coupe slim près du corps. Celui de Jeanne est un peu plus foncé que celui de Delphine, c'est tout. Des bottes complètent l'ensemble.

Delphine fait une grimace.

– Oui, on ne l'a pas fait exprès, on s'en est rendu compte sur le chemin et c'était trop tard pour changer.

– Pour le concours, c'est embêtant, ajoute Jeanne, on ne pourra pas nous départager.

Je me mords les lèvres pour ne pas lancer que de toute façon elles n'ont aucune chance. Mais qu'en sais-je ? Ils vont peut-être préférer la banalité à l'originalité. Tout est possible. Si ni Bella ni moi ne gagnons, je cesse de dessiner.

On avance, on descend un escalier, et dans la grande pièce du sous-sol décorée pour la fête on trouve Sami et deux filles de la classe en grande discussion autour de la minichaîne.

Soudain, tous les yeux se tournent vers nous.

C'est la robe de Bella qui attire les regards.

– Wouah, s'exclame Luciane, en haut je me rendais pas compte, mais là sous la lumière, elle est géniale ! On dirait qu'elle vient du site de ce créateur anglais... Ophélie t'a filé l'adresse ?

Bella se contente de secouer la tête. Vais-je m'en mêler et leur faire croire que j'ai acheté la robe pour elle ? Ils se doutent bien que ses parents n'ont pas les moyens de lui offrir une robe pareille... Je préfère me taire et laisser planer le doute.

Voici Johan, Gauthier, et Guillaume, jean et sweat à capuche constellé de logos. Nous serons bientôt au complet et toujours pas de Victor. Aurait-il changé d'avis à la dernière minute, et oublié de me prévenir ?

Je commence à m'agiter. Surtout que ma tenue ne suscite pas l'admiration. Et moi qui avais tant rêvé de ce moment ! Je crois même que j'ai dessiné cette jupe et ce bustier en imaginant le regard de Victor sur moi !

– Tu n'ouvres pas tes cadeaux ? demande Luciane à Justine.

– Si, si. Puisque tout le monde est là !

Dans le paquet de Luciane, elle découvre le top qu'elle avait admiré dans la vitrine de Lolablue. Dans celui de Delphine, du maquillage haut de gamme. Les garçons ont offert des DVD. Puis, enfin, elle ouvre mon paquet et en sort le top. Elle se hâte de jeter un œil averti dans le décolleté pour lire l'étiquette, mais ne découvrant rien elle s'exclame :

– Il est mignon et drôlement original ! Tu l'as trouvé sur ton site Internet ?

– C'est ça, je réponds, je n'achète plus que chez mon créateur préféré ! Au moins je ne risque pas d'être déçue !

J'ai envie de rire, et je vois le sourire de Bella qui se retient elle aussi pour ne pas éclater.

– Je vais tellement te tanner, déclare Justine, que tu finiras par me donner l'adresse !

– Pour que tout le collège s'habille comme moi ?

– Pourquoi pas ? s'exclame-t-elle. Ça nous changerait un peu ! Et puis j'aime bien aussi ta jupe et ton bustier, ils sont différents. Quand je t'ai vue entrer, j'ai trouvé ça bizarre, mais maintenant je suis habituée. J'adore le velours de ta jupe, et ces volants... mais bon, je suppose que tu ne voudras pas les échanger ni les vendre. Vous permettez que j'aille passer le top d'Ophélie, on commencera le concours tout de suite après !

Elle sort, le cadeau à la main. Je me rengorge, Justine a réalisé qu'elle aura plus de chance de gagner le concours en mettant mon top ! Je suis assez fière de moi.

Mais Victor n'est toujours pas arrivé.

Et s'il avait eu un accident ? Ou s'il était tombé brusquement malade ?

– On ne va pas attendre Victor, décrète Justine, il ne viendra sans doute pas et de toute façon il n'avait pas l'intention de participer. Je propose que ce soient les garçons qui commencent à défiler… Sami, tu t'occupes de la musique ?

Sami insère un CD dans la minichaîne et une musique techno envahit la salle. Luciane fait la grimace.

– C'est trop fort ! On ne peut pas baisser le son ?

Sami maugrée que, sans musique, il n'y a pas de fête mais obtempère. Justine allume les spots et une lumière violette balaie les visages. Je me dis que ce n'est pas l'ambiance rêvée pour un défilé de mode mais je me tais, on aurait vite fait de me rétorquer que je n'y connais rien. C'est vrai : je n'en ai jamais vu qu'à la télé, seulement Juliette m'a promis de nous emmener, Bella et moi, au prochain défilé Chanel.

Nous nous sommes assis par terre, sur des coussins. Guillaume s'avance le premier pour défiler. Justine a décidé que nous voterions à mains levées.

Je ne le trouve pas fantastique dans son sweat à capuche rouge, il ressemble à n'importe qui ! Dans ma tête, vite, je lui dessine une chemise à gros carreaux bleus sur un pantalon de toile blanche, très sport. Je parie qu'il serait infiniment plus mignon que dans son sweat banal ! Il récolte tout de même quatre mains levées.

En plus, sa démarche a laissé à désirer, rien à voir avec celle des mannequins professionnels ! Mais c'est vrai, j'oubliais, ce n'est qu'un jeu !

C'est au tour de Johan. Il daigne abandonner dans un coin son sac qu'il avait gardé sur le dos jusqu'à présent. Je me demande ce qu'il contient pour qu'il le conserve si précieusement.

Je crois deviner...

Soudain je me retourne, et j'avais raison : il est là. J'avais senti sa présence ! Campé dans l'embrasure de la porte, à côté de la mère de Justine, Victor me sourit.

Il s'installe à côté de moi et me souffle à l'oreille :

– Si je suis venu, c'est pour toi et pour Bella, mais surtout pour toi !

Je crois que je rougis !

Il ajoute :

– Vous êtes super toutes les deux, en particulier toi ! Ce serait vraiment dommage de ne pas continuer...

Que veut-il dire par là ?

Mais Justine d'un geste nous ordonne de nous taire. Je regarde défiler les deux autres garçons en réfléchissant à cette phrase sibylline. Évidemment, je vais continuer à dessiner, mais j'ai l'impression que ce n'est pas seulement ce que Victor essaie de me faire comprendre.

Quand Bella s'avance sous les spots, je m'approche de Johan.

– Johan, si tu prenais une photo ?

Il me contemple d'un air ahuri. Puis, sans un mot, empoigne son sac à dos et en sort son Leica.

Il me semble que jamais Bella n'a été si Bella que sous l'objectif de Johan qui ne se lasse pas de la mitrailler. Des murmures s'élèvent dans la pièce.

– Pas de doute, murmure Luciane, c'est Bella qui mérite de gagner, d'abord parce qu'elle a la plus belle tenue, et aussi parce que c'est elle qui la porte le mieux !

C'est vrai : on dirait que Bella a défilé toute sa vie. Elle a la grâce, l'élégance, la beauté.

Et Johan avec son Leica est plus mignon qu'avec son Ramsès sur la tête !

– Les jeux sont faits, dis-je.

Je me lève pour annoncer :

– C'est Bella qui remporte le prix, je pense que vous êtes tous d'accord ? Aucune d'entre nous ne peut rivaliser avec elle !

Même Justine est d'accord !

Je reprends, pleine de courage, le regard de Victor donne des ailes à ma voix :

– Et puis, j'ai une révélation à vous faire.

On m'écoute, Sami a baissé le son de la musique, ils sont tous suspendus à mes lèvres :

– Johan fait des photos, comme vous pouvez le voir, et il va tous nous immortaliser, car aujourd'hui n'est pas un jour comme les autres, et on se souviendra encore de la fête de Justine dans cinquante ans...

Personne ne bronche.

– Il faut aussi que je vous dise que c'est moi qui ai dessiné la robe de Bella, ainsi que ma jupe et mon bustier. C'est également moi qui ai refait la jupe aux pivoines que vous avez admirée, et que vous avez cru sortie des griffes d'un créateur anglais ! Et vous voulez savoir pourquoi ? Parce que le dessin est ma passion, comme la photo est la passion de Johan, et la musique celle de Victor, comme Bella est destinée à devenir mannequin, comme Luciane a un odorat incroyable… Pour les autres, je ne sais pas…

– Mais pourquoi t'as fait ça ? demande Justine en désignant ma tenue, si tu n'as même pas envie de gagner !

– Mais j'ai gagné ! Puisque je réalise ce que j'aime le plus au monde !

Du coup, on se met tous à discuter. De la mode bien sûr, et de nos passions.

– Tu m'as vraiment bluffée, murmure Justine, j'y croyais à ton créateur anglais. Mais pourquoi tu ne nous as pas dit la vérité tout de suite ?

– Vous étiez tous tellement accros aux marques que vous trouvez dans les boutiques…

– Et toi tu as créé la tienne, remarque Luciane, il fallait y penser ! Je crois que je vais commencer à fabriquer mes parfums. Sauf que c'est encore plus difficile de trouver des composants chimiques que des tissus !

On éclate de rire.

– Moi, déclare Justine, je vais m'occuper de la commercialisation de tes produits. Tu as besoin d'une directrice du marketing…

On rêve ensemble : Johan et son appareil photo, Luciane et ses parfums, Justine en responsable des ventes, Victor et son piano qui interpréterait ses propres œuvres pendant les défilés où Bella présenterait les tenues que je dessinerai.

– Il faut donner un nom à ta ligne, décrète Justine, quelque chose qui frappe les gens, qui leur donne envie d'acheter…

Victor l'arrête :

– Acheter, vendre, ce n'est pas le plus important. Au collège ça n'a pas été drôle tous les jours quand j'entendais vos remarques… Ce qui est important, c'est qu'on puisse tous choisir ce qu'on aime vraiment sans se soucier de l'avis des autres, non ? Et Ophélie en nous faisant croire à l'existence de ce créateur anglais nous a donné une bonne leçon : on peut fabriquer des merveilles qu'on ne trouve dans aucune boutique. Comme moi je peux écrire de la musique et la jouer… Comme Johan peut prendre des photos… L'important c'est de suivre ce qu'on ressent et de respecter les goûts de chacun, vous n'êtes pas de mon avis ?

Ils trouvent. Et moi je suis muette d'admiration : Victor a réussi à exprimer exactement ce que je ressens.

Après, on danse. On parle aussi, on rit, on est ensemble et c'est bien.

Et puis je crois qu'avant la fin de la soirée, Victor m'aura embrassée.

Et après, je rentrerai. Et encore après, je dessinerai.

Parce que c'est la vie. Ma vie.

L'ACROBATE DE MINOS
L.N. Lavolle.

ADIEU BENJAMIN
Chantal Cahour.

AMIES ENVERS ET CONTRE TOUS
Ségolène Valente.

AMIES SANS FRONTIÈRES
Hélène Montardre.

LA BALLADE DE JOHN HENRY
Gérard Herzhaft.

LE BALLON D'OR
Yves Pinguilly.

C'EST PAS COMPLIQUÉ L'AMOUR !
Sylvaine Jaoui.

UN CHEVAL POUR DEUX
Nadine Walter.

CLARA ET L'ANGE TATOUÉ
Catherine Porte.

UN CŒUR AU CREUX DE LA VAGUE
Hortense Cortex.

COUP DE FOUDRE
Nicole Schneegans.

LA COUR AUX ÉTOILES
Évelyne Brisou-Pellen.

LE DERNIER DES MAURES
Jacques Asklund.

LES DIABLES DE SÉVILLE
Roger Judenne.

LE DUEL DES SORCIERS
Jean Molla.

DU RESPECT POUR LE PROF !
Roselyne Bertin.

EMBRASSE-MOI... AVANT LA FIN DU MONDE
Isabelle Chaillou.

L'ENFANT INTERDIT
Margaret Peterson Haddix.

ERWAN LE MAUDIT
Michel Honaker.

EN SCÈNE LES 5e
Pascale Perrier.

L'ÉTÉ JONATHAN
Marie Dufeutrel.

UNE FILLE DE RÊVES
Éric Sanvoisin.

LE FILS DE L'OCÉAN
Béatrice Hammer.

LE FILS DU HÉROS
François Charles.

LA GRIFFE DES SORCIERS
Évelyne Brisou-Pellen.

LES HÉRITIERS DE MANTEFAULE
Camille Brissot.

JULIETTE CHERCHE ROMÉO
Paul Thiès.

LE MAÎTRE DE LA SEPTIÈME PORTE
Évelyne Brisou-Pellen.

MON JOURNAL DE GUERRE
Yvon Mauffret.

MON PREMIER CHAGRIN D'AMOUR
Sylvaine Jaoui

LE MYSTÈRE DE LA NUIT DES PIERRES
Évelyne Brisou-Pellen.

LA NUIT DU SORTILÈGE
Hélène Montardre.

L'OURS SORT SES GRIFFES
Jean Alessandrini.

PABLO À LA VIE À LA MORT
Yves-Marie Clément.

UN PONEY BLANC NEIGE
Anne Eliot Crompton.

LE PRINCE D'ÉBÈNE
Michel Honaker.

LE PRINCE ESCLAVE
Olaudah Equiano
Adapté par Ann Cameron.

PRISONNIÈRE DES MONGOLS
Évelyne Brisou-Pellen.

RENCONTRE AU REFUGE
Roselyne Bertin.

RENDEZ-VOUS AU COLLÈGE
Stéphane Méliade.

ROLLERS DE CHOC
Stéphane Daniel.

LE SECRET DES SEPT CHEVAUCHEURS
Michel Honaker.

UNE SIXIÈME EN ACCORDÉON
Jean-Paul Nozière.

TEMPÊTE SUR L'ERIKA
Roselyne Bertin.

LE TRÉSOR DE L'ALCHIMISTE
Roger Judenne.

UN TRÉSOR DANS L'ORDINATEUR
Jacques Asklund.

VIVE LA MODE !
Geneviève Senger.

L'AUTEUR

Geneviève Senger est née en août 1956 à Mulhouse, par un de ces jours dont l'Alsace a le secret, plein de soleil et de chaleur.
À six ans, à l'école, elle a découvert les livres. Alors a commencé sa passion pour la langue française et elle a su qu'un jour elle serait écrivain. Pourtant, elle a mis longtemps à prendre la plume... peut-être n'osait-elle pas.
Aujourd'hui, elle vit en Alsace avec ses enfants et ses arbres et elle écrit des livres. Des livres qui naissent de sa mémoire. Des mélanges de fiction et de réalité, de souvenirs et de rêves.

L'ILLUSTRATEUR

Yann Hamonic dessine pour la publicité depuis longtemps. Il aime par-dessus tout le mélange des techniques traditionnelles et la magie de l'ordinateur, et découvre le plaisir de naviguer sur les mots des autres en littérature jeunesse.
En bon Breton d'origine, il adore... les longues randonnées en montagne, la musique baroque et le bruit de sa moto sur les grandes plages des Landes. Le bateau ? Il embarque dès qu'il en trouve le temps, pour rapporter de nouvelles images.

Achevé d'imprimer en France en avril 2006
Dépôt légal : mai 2006
N° d'édition : 4351
N° d'impression : P 69778